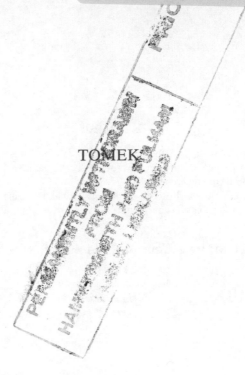

TOMEK

L'auteur

Après avoir enseigné l'allemand pendant quelques années, Jean-Claude Mourlevat s'est tourné vers sa passion : le théâtre. D'abord comme comédien, puis en tant que formateur et metteur en scène. Aujourd'hui, il se consacre aussi à l'écriture de livres pour la jeunesse, de romans pour adultes, et à la traduction.

Du même auteur, dans la même collection :

La balafre
A comme Voleur
L'enfant Océan
La rivière à l'envers (2ᵉ partie) - *Hannah*

Jean-Claude MOURLEVAT

Tomek

La rivière à l'envers - 1

POCKET JEUNESSE
PKJ·

*Ce livre a été écrit avec le concours de l'ARALD,
Agence Rhône-Alpes pour le livre
et la documentation.*

Loi n° 49-956 du 16 juillet 1949 sur les publications
destinées à la jeunesse : octobre 2000.

© 2000, éditions Pocket Jeunesse, département d'Univers Poche.

ISBN 978-2-266-20046-2

À mon père

PROLOGUE

L'histoire que voici se passe en un temps où l'on n'avait pas encore inventé le confort moderne. Les jeux télévisés n'existaient pas, ni les voitures avec airbags, ni les magasins à grande surface. On ne connaissait même pas les téléphones portables ! Mais il y avait déjà les arcs-en-ciel après la pluie, la confiture d'abricot avec des amandes dedans, les bains de minuit improvisés, enfin toutes ces choses qu'on continue à apprécier de nos jours. Il y avait aussi, hélas, les chagrins d'amour et le rhume des foins, contre lesquels on n'a toujours rien trouvé de vraiment efficace.

Bref, c'était… autrefois.

CHAPITRE PREMIER

LES OISEAUX DE PASSAGE

L'épicerie de Tomek était la dernière maison du village. C'était une petite boutique toute simple avec, au-dessus de la vitrine, l'inscription ÉPICERIE peinte en lettres bleues. Quand on poussait la porte, une clochette tintait joyeusement, ding ding, et Tomek se tenait devant vous, souriant dans son tablier gris d'épicier. C'était un garçon aux yeux rêveurs, assez grand pour son âge, plutôt osseux. Il ne servirait à rien de faire le détail des articles que Tomek vendait dans son épicerie. Un livre entier n'y suffirait pas, alors qu'un seul mot convient pour le dire, et ce mot c'est justement : « tout ». Tomek vendait « tout ». Entendons par là des choses utiles et raisonnables, comme les tapettes à mouches et l'élixir « Contrecoups » de l'abbé Perdrigeon, mais aussi et bien sûr des objets indispensables comme les bouillottes en caoutchouc et les couteaux à ours.

Comme Tomek vivait dans son magasin, ou plutôt dans l'arrière-boutique de son magasin, il ne fermait jamais. Il y avait bien une petite pancarte accrochée à l'entrée, mais elle était toujours tournée du même côté, celui qui indiquait OUVERT. Ce n'était pas pour autant un défilé continuel. Non. Les gens du village étaient respectueux et se gardaient bien de déranger à toute heure. Ils savaient seulement qu'en cas de besoin urgent, Tomek les dépannerait avec gentillesse, même au milieu de la nuit. Il ne faut pas croire non plus que Tomek ne quittait jamais sa boutique. Bien au contraire, il lui arrivait souvent d'aller se dégourdir les jambes ou même de s'absenter pour une demi-journée. Mais dans ce cas-là, le magasin restait ouvert et les clients se servaient tout seuls. À son retour, Tomek trouvait un petit mot sur le comptoir : « Pris un rouleau de ficelle à saucisson. Line » accompagné de l'argent du règlement, ou bien : « Pris mon tabac. Paierai demain. Jak. »

Ainsi tout était pour le mieux dans le meilleur des mondes, comme on dit, et cela aurait pu durer des années et même des siècles sans qu'il arrivât rien de particulier.

Seulement voilà, Tomek avait un secret. Oh, ce n'était rien de mal ni de tellement extraordinaire. Cela lui était venu avec tant de lenteur qu'il ne s'était aperçu de rien. Exactement comme les cheveux qui poussent sans qu'on s'en rende compte : un beau jour ils sont trop longs et voilà. Un beau jour donc, Tomek se retrouva avec cette pensée qui avait poussé à l'intérieur de sa tête au lieu de pousser dessus, et qu'on pouvait résumer ainsi : il s'ennuyait. Mieux que cela, il s'ennuyait… beaucoup. Il avait envie de partir, de voir le monde.

Depuis la petite fenêtre de son arrière-boutique, il regardait souvent la vaste plaine où le blé de printemps se balançait avec grâce, semblable aux vagues de la mer. Et seul le ding ding de la sonnette à la porte de la boutique pouvait l'arracher à sa rêverie. D'autres fois, très tôt, il allait marcher sur les chemins qui se perdaient dans la campagne, dans le bleu si tendre des champs de lin au petit jour, et cela lui arrachait le cœur de devoir rentrer à la maison.

Mais c'est à l'automne surtout, au moment où les oiseaux de passage traversaient le ciel, dans leur grand silence, que Tomek ressentait avec le plus de violence le désir de s'en aller. Les larmes lui en venaient aux yeux tandis qu'il regardait les oies sauvages disparaître à grands coups d'aile à l'horizon.

Malheureusement, on ne part pas comme cela quand on s'appelle Tomek et qu'on est responsable de l'unique épicerie du village, cette épicerie que son père avait tenue avant lui, et son grand-père avant son père. Qu'auraient pensé les gens ? Qu'il les abandonnait ? Qu'il n'était pas bien avec eux ? Qu'il ne se plaisait plus au village ? En tout cas ils n'auraient pas compris. Cela les aurait rendus tristes. Or, Tomek ne supportait pas de faire de la peine à autrui. Il résolut donc de rester et de garder son secret pour lui. Il fallait être patient, se disait-il, l'ennui finirait bien par s'en aller comme il était venu, lentement, avec le temps, sans qu'il s'en aperçoive…

Hélas, ce fut tout le contraire qui arriva. Sans compter qu'un événement considérable allait bientôt réduire à néant tous les efforts que Tomek faisait pour être raisonnable.

C'était la fin de l'été, un soir qu'il avait laissé la porte de sa boutique ouverte pour profiter de la fraîcheur de la nuit. Il était occupé à faire ses comptes sur son grand cahier spécial, à la lumière d'une lampe à huile, et il suçotait, rêveur, son crayon à papier, quand une voix claire le fit presque sursauter :

— Est-ce que vous vendez des sucres d'orge ?

Il leva la tête et vit la plus jolie personne qu'on puisse imaginer. C'était une jeune fille de

12

douze ans environ, brune comme on peut l'être, en sandales et dans une robe en piteux état. À sa ceinture pendait une gourde de cuir. Elle était entrée sans bruit par la porte ouverte, si bien qu'on aurait dit une apparition, et maintenant elle fixait Tomek de ses yeux noirs et tristes :

— Est-ce que vous vendez des sucres d'orge ?

Alors Tomek fit deux choses en même temps. La première, ce fut de répondre :

— Oui, je vends des sucres d'orge.

Et la seconde chose que fit Tomek, lui qui de toute sa vie ne s'était pas retourné trois fois sur une fille, ce fut de tomber amoureux de ce petit brin de femme, d'en tomber amoureux instantanément, complètement et définitivement.

Il prit un sucre d'orge dans un bocal et le lui tendit. Elle le cacha aussitôt dans une poche de sa robe. Mais elle ne semblait pas vouloir s'en aller. Elle restait là à regarder les rayons et les rangées de petits tiroirs qui occupaient un mur tout entier.

— Qu'avez-vous dans tous ces petits tiroirs ?

— J'ai… tout, répondit Tomek. Enfin tout le nécessaire…

— Des élastiques à chapeau ?

— Oui, bien sûr.

Tomek escalada son échelle et ouvrit un tiroir tout en haut :

— Voilà.

— Et des cartes à jouer ?

Il redescendit et ouvrit un autre tiroir :

— Voilà.

Elle hésita, puis un sourire timide se forma sur ses lèvres. Cela l'amusait visiblement :

— Et des images… de kangourou ?

Tomek dut réfléchir quelques secondes puis il se précipita vers un tiroir sur la gauche :

— Voilà.

Cette fois, les yeux sombres de la petite s'éclairèrent tout à fait. C'était si charmant de la voir heureuse que le cœur de Tomek se mit à faire des bonds dans sa poitrine.

— Et du sable du désert ? Du sable qui serait encore chaud ?

Tomek gravit encore une fois son échelle et prit dans un tiroir une petite fiole de sable orange. Il redescendit, fit couler le sable sur son cahier spécial pour que la jeune fille puisse le toucher. Elle le caressa avec le dos de la main puis promena dessus le bout de ses doigts agiles.

— Il est tout chaud…

Comme elle s'était approchée très près du comptoir, Tomek sentit sa chaleur à elle, et plus que sur le sable chaud, c'est sur son bras doré qu'il aurait voulu poser sa main. Elle le devina sans doute et reprit :

— Il est aussi chaud que mon bras…

14

Et de sa main libre elle prit la main de Tomek et la posa sur son bras. Les reflets de la lampe à huile jouaient sur son visage. Cela dura quelques secondes, au bout desquelles elle se dégagea en un mouvement léger, virevolta dans la boutique puis pointa enfin son doigt au hasard vers l'un des trois cents petits tiroirs :

— Et dans celui-ci, qu'avez-vous dans celui-ci ?

— Oh, ce ne sont que des dés à coudre… répondit Tomek en versant le sable dans la fiole grâce à un entonnoir.

— Et dans celui-ci ?

— Des dents de Sainte Vierge… ce sont des coquillages assez rares…

— Ah, fit la petite, déçue. Et dans celui-là ?

— Des graines de séquoia… Je peux vous en donner quelques-unes si vous voulez, je vous les offre, mais ne les semez pas n'importe où, car les séquoias peuvent devenir très grands…

Tomek avait cru lui faire plaisir en disant cela. Mais ce fut tout le contraire. Elle redevint grave et songeuse. À nouveau ce fut le silence. Tomek n'osait plus rien dire. Un chat fit mine d'entrer par la porte restée ouverte. Il s'avança avec lenteur, mais Tomek le chassa d'un geste brusque de la main. Il ne voulait pas être dérangé.

— Ainsi vous avez tout dans votre magasin ? Vraiment tout ? dit la jeune fille en levant les yeux vers lui.

Tomek se trouva un peu embarrassé.

— Oui… enfin tout le nécessaire… répondit-il avec ce qu'il fallait de modestie.

— Alors, dit la petite voix fragile et hésitante, mais soudain pleine d'un fol espoir, sembla-t-il à Tomek, alors vous aurez peut-être… de l'eau de la rivière Qjar ?

Tomek ignorait ce qu'était cette eau. Il ignorait aussi où pouvait se trouver cette rivière Qjar. La jeune fille le vit bien, une ombre passa dans ses yeux et elle répondit sans qu'il eût à le demander :

— C'est l'eau qui empêche de mourir, vous ne le saviez pas ?

Tomek secoua doucement la tête, non, il ne le savait pas.

— J'en ai besoin… fit la petite.

Puis elle tapota la gourde qui pendait à sa ceinture et ajouta :

— Je la trouverai et je la mettrai là…

Tomek aurait bien voulu qu'elle lui en dise plus, mais déjà elle s'avançait vers lui en dépliant un mouchoir dans lequel elle tenait quelques pièces de monnaie.

— Je vous dois combien pour le sucre d'orge ?

— Un sou... s'entendit murmurer Tomek.

La jeune fille posa la pièce sur le comptoir, regarda encore une fois les trois cents petits tiroirs et fit à Tomek un dernier sourire.

— Au revoir.

Puis elle sortit de la boutique.

— Au revoir... bredouilla Tomek.

La lampe à huile faiblissait. Il reprit place sur sa chaise, derrière le comptoir. Sur son grand cahier spécial encore ouvert, il y avait le sou de l'inconnue et quelques grains de sable orange.

CHAPITRE II

GRAND-PÈRE ICHAM

Le lendemain et les jours qui suivirent, Tomek s'en voulut terriblement d'avoir accepté l'argent de sa visiteuse. Elle ne devait pas en avoir beaucoup. Il se surprit plusieurs fois à parler tout seul. Il disait par exemple :

— Rien du tout, vous ne me devez rien du tout…

Ou bien :

— Je vous en prie… Pour un sucre d'orge…

Mais Tomek pouvait bien inventer toutes les gentillesses du monde, c'était trop tard. Elle avait payé et elle était partie, le laissant à ses regrets. Ce qui le tracassait aussi, c'était cette eau dont elle avait parlé, cette rivière au nom étrange qu'il n'arrivait pas à retrouver. Et puis qui était-elle, cette drôle de fille ? D'où venait-elle ? Était-elle toute seule ? Est-ce que quelqu'un l'attendait près de la boutique ? Et où était-elle allée ensuite ? Mille questions sans réponses... Il tâcha d'en savoir plus par les clients. Il les questionnait sans en avoir l'air :

— Alors, rien de neuf au village ?

Ou bien :

— Pas beaucoup de passage, hein ?

Dans l'espoir que l'un d'eux finirait par dire :

— Non, pas beaucoup de passage, juste cette fillette l'autre soir...

Mais personne n'y fit la moindre allusion. À croire que Tomek était le seul à l'avoir vue. Quelques jours passèrent ainsi, puis un après-midi Tomek n'y tint plus. L'idée de ne jamais revoir la jeune fille lui sembla insupportable. Et de ne pouvoir parler d'elle à quiconque lui était bien cruel aussi. Il laissa donc tout en plan dans la boutique, fourra dans sa poche une barre de pâte de fruits et courut à grandes enjambées à l'autre bout du village, où se trouvait le vieil Icham.

Le vieil Icham était écrivain public, c'est-à-dire qu'il écrivait pour ceux qui ne savaient pas le faire. Il lisait aussi, bien sûr. Quand Tomek arriva, il était justement en train de déchiffrer une lettre pour une petite dame qui l'écoutait attentivement. Par discrétion, Tomek se tint à distance le temps qu'ils en aient terminé, puis il s'avança vers son ami.

— Bonjour, grand-père, lança-t-il en portant la main à sa poitrine.

— Bonjour, mon fils, répondit Icham en lui tendant ses deux mains ouvertes.

Ils n'étaient ni le grand-père ni le fils l'un de l'autre, mais comme Icham vivait seul et que Tomek était orphelin, ils s'étaient toujours appelés comme cela. Ils s'aimaient beaucoup.

L'été, Icham travaillait dans une minuscule échoppe adossée au mur de la rue. Il s'y tenait assis en tailleur, au milieu des livres. Pour le rejoindre, il fallait grimper trois marches de bois et s'asseoir par terre. Aussi ses clients préféraient-ils le plus souvent rester debout dans la rue pour dicter leurs lettres ou pour écouter Icham les lire.

— Monte, mon fils.

Tomek franchit les trois marches d'un bond et s'assit lui aussi en tailleur, au côté du vieil homme.

— Est-ce que tu vas bien, grand-père ? commença Tomek en tirant de sa poche la pâte de fruits. Tu as beaucoup de travail ?

— Merci, mon garçon, répondit Icham en prenant la friandise. Je n'ai jamais de travail, je te l'ai déjà dit. Jamais de repos non plus. Tout ça, c'est juste la vie qui passe…

Tomek s'amusait beaucoup de ces phrases un peu énigmatiques. On aurait pu prendre Icham pour un grand philosophe s'il n'avait pas été aussi gourmand. Il adorait les sucreries, et il était capable de bouder comme un enfant de trois ans quand Tomek oubliait de lui apporter un caramel mou, un nougat tendre, une boule de gomme ou un bâton de réglisse. Sa préférence allait aux petits pains d'épice en forme de cœur, mais tout lui était bon pourvu que ce ne soit pas trop dur à mâcher. À cause des dents, bien entendu.

Tomek ne voulait pas s'absenter trop longtemps, et comme la curiosité le poussait, il en vint immédiatement à ce qui l'intéressait :

— Dis-moi, grand-père Icham, as-tu déjà entendu parler de la rivière Tchar, ou Djar… ?

Le vieil homme, qui mâchouillait déjà sa barre de pâte de fruits, prit le temps d'y réfléchir, puis il répondit lentement :

— Je connais une rivière… Qjar.

— C'est ça ! s'exclama Tomek. Qjar ! La rivière Qjar !

Et en le répétant, il lui sembla entendre la jeune fille le dire : « … de l'eau de la rivière Qjar. »

— Celle qui coule à l'envers… continua Icham.

— Celle qui… quoi ? bredouilla Tomek, qui n'avait jamais entendu parler d'une chose pareille.

— Qui coule à l'envers, articula Icham. La rivière Qjar coule à l'envers.

— À l'envers ? Qu'est-ce que tu veux dire ? fit Tomek, les yeux écarquillés.

— Je veux dire que l'eau de cette rivière monte au lieu de descendre, mon petit Tomek. Ça t'en bouche un coin, ça !

Icham éclata de rire en voyant la tête que faisait son jeune ami, puis il eut pitié de lui et commença à expliquer :

— Cette rivière prend sa source dans l'océan, tu comprends ? Au lieu de s'y jeter, elle en sort. Un peu comme si elle aspirait l'eau de la mer. À son début, elle est large comme un fleuve. On dit qu'à cet endroit-là des arbres étranges poussent sur ses rives. Des arbres qui s'étirent le matin et poussent des soupirs le soir. Et il y aurait là des variétés d'animaux tout à fait inconnues ailleurs.

— De quelle sorte par exemple ? voulut savoir Tomek. Des animaux dangereux ?

Mais le vieil Icham secoua la tête. Il ne savait pas.

— En tout cas, continua-t-il, le plus étonnant est bien cette eau qui ne coule pas dans la bonne direction…

— Mais alors, l'interrompit Tomek, qui avait l'esprit curieux, si cette rivière, enfin ce fleuve, aspire l'eau de la mer, le niveau de la mer devrait baisser...

— Il devrait, mais il ne le fait pas à cause des dizaines d'autres fleuves qui se déversent dans l'océan en même temps, et dans le bon sens, eux.

— Évidemment, dut reconnaître Tomek, évidemment.

— Ensuite, reprit Icham, la rivière Qjar remonte à l'intérieur des terres. Sur des centaines de kilomètres, dit-on. Elle devient de plus en plus étroite. Elle perd de l'eau au lieu d'en gagner comme toutes les rivières du monde.

— Mais où cette eau s'en va-t-elle ? demanda Tomek. Il faut bien qu'elle aille quelque part !

Une fois de plus, le vieil Icham dut avouer son ignorance :

— On ne sait pas où cette eau s'en va. Il n'y a pas d'affluents. C'est un grand mystère. Est-ce que tu m'as aussi apporté un morceau de nougat ?

Tomek mit quelques secondes à réagir. Il était à mille lieues de penser à du nougat. Il fouilla dans ses poches en vain.

— Non, grand-père, mais je t'en apporterai tout à l'heure si tu veux. C'est promis. Parle-moi encore de cette rivière, s'il te plaît.

Le vieil Icham, sans doute déçu, grommela quelques mots incompréhensibles puis se décida à poursuivre.

— Quoi qu'il en soit, la rivière finit par arriver au pied d'une montagne qui s'appelle la Montagne Sacrée.

— La Montagne Sacrée ? fit Tomek, que ce nom-là impressionnait.

— Oui. Ceux qui ont approché cette montagne disent qu'on n'a jamais vu quelque chose d'aussi imposant. Ses sommets dépassent les nuages. Mais figure-toi que notre petite rivière ne se laisse pas démonter comme cela. Elle l'escalade tout simplement. Et plus elle monte, plus elle se rétrécit. Elle redevient torrent. Puis simple ruisseau. Tout en coulant à l'envers, bien sûr, ne l'oublie jamais. Et quand elle arrive tout en haut, elle n'est plus qu'un mince filet d'eau pas plus gros que mon pouce. Et là, elle s'immobilise enfin et cela forme dans le creux d'une pierre un minuscule bassin de la taille d'un demi-lavabo. Et cette eau est d'une pureté incroyable. Et elle est magique, Tomek…

— Magique ? reprit le garçon.

— Oui. Elle empêche de mourir…

De nouveau, Tomek entendit la voix claire de la jeune fille : « Elle empêche de mourir, vous ne le saviez pas ? » Icham avait utilisé exactement les mêmes mots.

— Seulement, poursuivit le vieil homme, personne n'en a jamais rapporté, mon garçon, personne...

— Mais pourtant, s'exclama Tomek, il suffirait de suivre cette rivière jusqu'à sa source, enfin jusque là-haut, de remplir une gourde de cette fameuse eau et de redescendre !

— Il suffirait... Mais il se trouve que personne n'est jamais arrivé jusque là-haut. Et si quelqu'un y est arrivé, il n'a pas réussi à redescendre et on n'en a rien su. Et si quelqu'un est arrivé à redescendre, il a perdu sa provision d'eau en route. Et puis il y a quelque chose qui rend l'entreprise encore plus difficile...

— Quoi donc, grand-père ?

— Eh bien, c'est que cette rivière n'existe sans doute pas et cette montagne non plus.

Il y eut un long silence et ce fut le vieil Icham qui finit par le rompre :

— Au fait, mon garçon, qui t'a parlé de cette rivière ?

Tomek se rappela soudain qu'il était d'abord venu pour raconter à son vieil ami la visite de la jeune fille. Maintenant il allait enfin pouvoir confier son secret, en savoir plus peut-être.

Il prit une profonde inspiration et s'efforça d'expliquer en détail tout ce qui était arrivé ce soir-là dans sa boutique. Il n'oublia rien, ni les images de kangourous, ni le sable orange dans la petite fiole, ni le chat qui avait voulu entrer. Il évita seulement d'évoquer sa main sur le bras de la jeune fille. Cela, il n'était pas utile de le crier sur tous les toits.

Le vieil Icham le laissa parler jusqu'au bout, puis il le regarda avec un sourire que Tomek ne lui avait jamais vu, un sourire à la fois amusé et plein de tendresse :

— Dis-moi, mon fils, tu ne serais pas amoureux, toi ?

Tomek rougit jusqu'aux oreilles. Il était furieux contre lui-même et contre Icham qui se moquait de lui. Celui-là, il pourrait toujours courir pour le nougat. Il s'apprêtait à partir quand le vieil homme le rattrapa par la manche et le força à se rasseoir.

— Attends un peu, voyons…

Tomek se laissa faire. Il ne parvenait jamais à être en colère bien longtemps contre Icham.

— Elle avait une gourde, as-tu dit ?

— Oui, elle en avait une. Elle a dit qu'elle trouverait l'eau et qu'elle la mettrait dedans.

Cette fois Icham ne souriait plus du tout.

— Vois-tu, Tomek, je ne sais pas si cette rivière existe ou non, mais je sais que les hommes la cherchent depuis des milliers d'années et que personne, je te dis bien personne, n'est jamais revenu avec la moindre goutte de cette fameuse eau. Des expéditions entières d'hommes dans la force de l'âge, équipés des pieds à la tête et bien décidés à réussir, ont péri avant seulement d'apercevoir la Montagne Sacrée. Alors ta petite bohémienne peut bien tapoter sur sa gourde et dire qu'elle la remplira, c'est aussi impossible que de faire pousser du blé sur le dos de ma main.

— Mais alors, murmura Tomek au bout d'un moment, que va-t-il lui arriver ?

Icham lui sourit :

— Je crois que tu devrais oublier tout ça, mon garçon. Penser à autre chose. Il y a assez de jolies filles dans le village, non ? Allez, file. Tu as peut-être des clients qui t'attendent…

— Tu as sans doute raison, grand-père, fit Tomek en hochant tristement la tête.

Puis il se leva, pressa les mains du vieil Icham et s'en retourna à pas lents vers sa boutique.

CHAPITRE III

LE DÉPART

À compter de ce jour, l'idée de partir ne quitta plus Tomek. Une nuit, il fit un rêve étrange où la jeune fille était poursuivie par des tigres qui couraient sur leurs deux pattes de derrière, comme des hommes. Elle l'appelait : « Tomek ! Tomek ! » Il la prenait par la main et tous deux fuyaient à toutes jambes. Ils entendaient claquer derrière eux les mâchoires des hommes-tigres, mais ils leur échappaient au dernier moment en se cachant sous un rocher. Là, Tomek demandait à la petite comment elle pouvait bien connaître son nom et elle répondait en haussant les épaules : « Mais tout le monde te connaît, Tomek ! » Dans un autre rêve, il était penché au-dessus du bassin d'eau pure, tout en haut de la Montagne Sacrée. Quelque chose brillait au fond de l'eau, c'était le sou de la petite, celui avec lequel elle avait payé le sucre d'orge. Il le prenait dans sa main et quand il se retournait, elle était là, souriante, dans une robe de princesse. Et derrière elle, domptés, les hommes-tigres montaient la garde.

Tomek fixa son départ un matin à l'aube. Ainsi on ne remarquerait pas tout de suite son absence, et quand le vieil Icham trouverait sa lettre, dans son échoppe, il serait déjà loin.

Les derniers jours, il eut bien du mal à cacher son agitation et il lui sembla qu'on le regardait drôlement dans son épicerie. Comme s'il avait porté sur lui la marque de son grand projet, comme si quelque chose le trahissait, une lumière particulière dans les yeux, peut-être. Il s'interrogea longuement sur les habits qu'il devait prendre. Ce n'était pas commode car il n'avait aucune idée de ce qui l'attendait en chemin. Ferait-il froid ou chaud dans ces contrées lointaines ? Fallait-il se munir de chaussettes de laine, d'un épais pull-over et d'un passe-montagne ? Ou bien fallait-il au contraire être le plus léger possible pour ne pas être embarrassé ? Il ne savait pas non plus quel matériel emporter avec lui. Il chercha des réponses dans les quelques livres d'aventures qu'il aimait, mais il n'en trouva guère. La plupart des aventuriers ne possédaient rien et son pré-féré, Robinson Crusoé, encore moins que les autres puisqu'il avait tout perdu au cours de son naufrage. La jeune fille aux sucres d'orge n'avait rien non plus, semblait-il. Aussi Tomek décida-t-il de suivre leur exemple et de n'emporter avec lui que l'indispensable.

Il lui fallait d'abord une bonne couverture de laine car il devrait sans doute dormir à la belle étoile et les nuits seraient vite fraîches.

Il avait également besoin d'une gourde. Or, il en avait justement une en peau de loutre. Il la fixerait solidement à sa ceinture et elle lui servirait pour son usage personnel. Et aussi pour rapporter l'eau de la rivière Qjar. Si jamais il la trouvait, naturellement.

Il confectionna lui-même, dans un tissu très résistant, une pochette de quelques centimètres, pas plus, dans laquelle il logea la pièce de la jeune fille. Ainsi il pourrait la lui rendre dès qu'il la trouverait. Au cas bien sûr où il la retrouverait… D'ici là, la pochette resterait cachée sous sa chemise, attachée à son cou par un cordon, et bien malin qui irait la lui prendre.

Dans les poches de son pantalon, il mit seulement un couteau à ours, au cas où il aurait à se défendre, et deux mouchoirs sur lesquels sa mère avait autrefois brodé le T de son prénom à lui, Tomek.

Le dernier soir, après avoir vérifié que ses affaires étaient prêtes, il s'assit derrière son comptoir, alluma sa lampe à huile et il écrivit pour Icham la lettre que voici.

Cher grand-père Icham,

Tu lis toujours les lettres des autres mais celle-ci est pour toi et tu n'auras pas besoin de la lire à haute voix. Je sais que je vais te faire de la peine et je te demande de me pardonner. Je suis parti ce matin pour la rivière Qjar. Si j'y arrive, je te rapporterai de son eau. J'espère retrouver en chemin la jeune fille dont je t'ai parlé, puisqu'elle va là-bas aussi. Je te laisse la clef du magasin car là où je vais je risquerais de la perdre. Je reviendrai le plus tôt possible.

À bientôt. Tomek.

Il eut du mal à retenir ses larmes en glissant la lettre dans l'enveloppe. Icham avait bien vieilli ces derniers mois. Ses joues s'étaient creusées. Ses mains ressemblaient à de vieux parchemins. Serait-il encore vivant quand Tomek reviendrait ? Et d'ailleurs, reviendrait-il un jour ? Il n'en était pas sûr du tout.

Il se coucha tout habillé sur son lit et dormit quelques heures d'un sommeil sans rêves. Quand il se réveilla, il faisait encore nuit et un rayon de lune éclairait faiblement l'arrière-boutique. Il sauta sur ses deux pieds, le cœur plein de joie. Ainsi c'était aujourd'hui ! Il lui sembla qu'il avait patienté une éternité et que le plus beau jour de sa vie était enfin arrivé. Un immense espoir l'envahit. Il trouverait la rivière Qjar, c'était certain. Il escaladerait la Montagne Sacrée. Il rapporterait l'eau. Il reverrait aussi la jeune fille, bien sûr, et il lui rendrait son argent !

Il but un grand bol de chocolat et mangea de bon appétit plusieurs tartines de beurre et de confiture. Ensuite il s'habilla chaudement, vérifia que la gourde était bien fixée à sa ceinture, que la pochette était bien à sa place sous sa chemise et qu'il avait dans ses poches tout ce qu'il avait prévu d'y mettre. Il y ajouta au dernier moment un bon morceau de pain. Pour finir, il roula bien serré sa couverture de laine et l'attacha sur ses épaules, puis il alla à la porte de la boutique et là, il fit ce qu'il n'avait jamais fait de toute sa vie : il retourna la petite pancarte qui y était accrochée. Désormais elle indiquait : FERMÉ.

Tomek traversa les rues silencieuses du village jusqu'à l'échoppe du vieil Icham. La toile était tirée. Il l'écarta sans bruit. Sur le pupitre qu'Icham utilisait pour écrire, Tomek déposa la clef de l'épicerie, l'enveloppe contenant sa lettre d'adieu et un gros morceau de nougat.

« Au revoir, grand-père… » murmura-t-il encore, comme si le vieil homme pouvait l'entendre. Puis il revint sur ses pas et jeta en passant un dernier coup d'œil à sa boutique. Il s'engagea enfin à grandes enjambées sur ce chemin qu'il avait pris si souvent déjà. Seulement, cette fois, il ne ferait pas demi-tour. Cette fois, il s'en allait pour de bon. Il était un aventurier. Comme pour le saluer, un vol d'oies sauvages dessina très haut dans le ciel un triangle parfait. Elles allaient vers le sud, comme Tomek. « J'arrive ! » leur lança-t-il, et sa poitrine se gonfla de bonheur.

En ces temps anciens, on avait de la géographie une idée assez vague. On se doutait bien que la terre était ronde, mais beaucoup de gens n'en étaient finalement pas si convaincus. « Si la terre est ronde, disaient-ils, est-ce que ceux qui sont en dessous ont donc la tête en bas ? Et s'ils ne tombent pas, est-ce parce qu'ils sont collés par leurs semelles ? » Il n'y avait ni cartes précises comme aujourd'hui, ni panneaux indicateurs. On se dirigeait en observant le soleil, la lune, les étoiles… Et on se perdait assez souvent, il faut bien le reconnaître.

Tomek avait résolu d'aller toujours vers le sud, là où se trouvait l'océan, d'après Icham. Une fois là-bas, pensait-il, il serait bien temps de choisir la droite ou la gauche pour tâcher de trouver la rivière Qjar. Pendant une bonne partie de la journée, il marcha dans des paysages qui lui étaient familiers, de collines en plaines, s'arrêtant seulement pour manger un peu de son pain, boire à sa gourde ou grappiller quelques fruits dans les arbres.

Mais au fur et à mesure que le soir venait, il lui sembla que l'horizon s'élargissait et qu'il était barré au loin par une sorte d'interminable trait noir et horizontal. Quand il fut à quelques centaines de mètres, il vit que c'était une forêt, la plus grande qu'il eût jamais vue. L'idée de la traverser ne lui plaisait qu'à moitié, mais la contourner représenterait certainement plusieurs journées de marche, plusieurs semaines, qui sait ? À chaque jour suffit sa peine, se dit finalement Tomek, qui commençait à ressentir la fatigue. Il revint donc un peu en arrière, là où il avait remarqué un arbre isolé qui formait une sorte de parapluie, et dont les branches atteignaient presque le sol. Il se glissa dessous et s'enroula dans sa couverture. Dans un demi-sommeil, il pensa encore qu'il serait bon pour lui de trouver un compagnon de route, que les aventuriers en avaient souvent un, et qu'il se sentirait moins seul ainsi. Mais sa fatigue était si grande qu'il s'endormit avant même d'avoir eu le temps d'en éprouver du chagrin.

CHAPITRE IV

LA FORÊT DE L'OUBLI

Quand Tomek se réveilla, il lui fallut quelques secondes pour réaliser qu'il n'était pas dans son lit. Mais en voyant le feuillage qui tombait en cloche autour de lui, tout lui revint d'un coup : son départ au petit jour, sa longue marche dans la campagne, l'arbre isolé. Il était donc vraiment parti. Ce n'était pas un rêve.

Un minuscule oiseau jaune et bleu, niché dans les feuilles, se mit à siffloter tout près de lui et cela faisait : « Debout Tomek ! Debout Tomek ! » Il ne put s'empêcher de rire. Il ressentait le même bonheur que le matin précédent lorsqu'il avait quitté le village, le même sentiment de liberté, la même allégresse. Si c'est cela voyager, se dit-il, alors je veux bien faire trois fois le tour du monde !

Il allait sortir de sa cachette quand il perçut des bruits étranges à l'extérieur. Cela ressemblait

à du papier qu'on froisse ou peut-être à des brin-
dilles qu'on entasse. Puis plusieurs claquements
secs, comme si quelqu'un avait cassé des petites
branches. Tomek, immobile, tendit l'oreille. Au
bout d'un moment, on souffla à plusieurs reprises.
Pas de doute, on allumait un feu. Tomek hésita
encore à sortir. Et si cette personne était dange-
reuse ? Si elle l'attaquait ? D'un autre côté, attendre qu'elle parte risquait d'être très long car on ne
fait pas du feu pour s'en aller dès qu'il a pris. Il en
était là de ses réflexions quand la voix se fit
entendre. Apparemment, c'était une femme. Elle
chantonnait à voix basse :

> *Mon âââne, mon âââne,*
> *A bien mal à sa patte...*

Sans doute ne connaissait-elle pas la suite de
la chanson car elle ne faisait que reprendre cette
première phrase. Elle s'affairait, on entendait
maintenant des bruits de casseroles, badaglang, et
d'eau qui coulait dedans. Et toujours la chanson :
« Mon âne, mon âne... » Voilà quelqu'un de
bonne humeur, pensa Tomek. Il se dit aussi qu'une
personne qui chantait « Mon âne, mon âne a bien
mal à sa patte » ne pouvait pas être très méchante
et il pointa le nez hors de sa cachette.

C'était une femme, en effet. Drôlement
accoutrée peut-être mais c'était une femme. Plutôt

petite de taille mais très ronde. Elle portait les uns sur les autres une quantité de vêtements qui n'allaient pas ensemble. Par couches, pourrait-on dire : une couche de bas de laine rapiécés, une couche de jupes, une couche de pull-overs… Elle ne risquait pas d'avoir froid. Pour parfaire le tableau, elle était coiffée d'un bonnet qui lui couvrait les deux oreilles et chaussée de croquenots d'une taille impressionnante.

— Tiens, tiens ! La faim sort le loup du bois ! Tu aimes le café ?

— Oui, bonjour, madame… répondit Tomek qui n'en avait jamais bu.

La femme éclata de rire en le voyant si timide.

— Oh, pour le madame ! Appelle-moi Marie, va, ça suffira bien ! Et tire-toi une pierre vers le feu si tu veux t'asseoir.

En contournant l'arbre à la recherche d'une pierre, Tomek vit qu'il y avait là un âne qui broutait, et une carriole dont les deux bras pointaient vers le ciel.

— C'est votre âne ? demanda-t-il en revenant.

— C'est Cadichon. Il est très intelligent. Un peu têtu mais très intelligent. Et vaillant surtout. Hein, Cadichon ?

L'âne se redressa, inclina curieusement la tête et regarda sa maîtresse à travers une rangée de poils qui lui tombaient sur les yeux. Puis il reprit son repas.

— Il est borgne, ajouta la grosse femme. Les ours…

— Les ours ? fit Tomek en s'asseyant sur une pierre plate qu'il avait rapportée.

— Eh oui, les ours. La forêt en est infestée.

— Ah bon… dit Tomek, et il regarda au loin l'immense barre noire, silencieuse et immobile.

Il se rendit compte qu'il l'avait presque oubliée.

— Alors on ne peut pas la traverser ?

La grosse femme, qui était en train de tailler une tartine dans une énorme miche de pain de seigle, arrêta net son geste.

— Tu veux traverser la forêt ?

— Oui, fit Tomek, et il eut l'impression d'avoir dit une énormité.

Pour se corriger, il ajouta donc aussitôt :

— Ou bien, si ça n'est pas possible, je ferai le tour…

— Tu feras le tour ? reprit la grosse femme, et elle partit d'un rire si gai et si naturel que Tomek se mit à rire aussi.

Ils en rirent aux larmes tous les deux, surtout que Tomek, pour en rajouter, répétait de temps en temps : « Je ferai le tour… » et la grosse femme riait de plus belle en reprenant, comme si c'était une chose tout à fait ordinaire : « Bien sûr, tu feras le tour ! »

Quand ils furent un peu calmés, Marie alla vers la carriole et en rapporta dans un panier une livre de beurre, deux pots de confiture, l'un de fraises, l'autre de mûres, un gros morceau de fromage de brebis, du lait de vache dans un petit bidon et une boîte de sucre. Entre-temps, le café était prêt et tout chaud dans la casserole. Elle en versa à Tomek dans un gobelet, poussa vers lui le panier de nourriture et l'invita à se servir sans façon. Ils mangèrent en silence et de bon appétit. Puis Marie roula une cigarette et commença à la fumer, ce qui étonna bien Tomek qui n'avait jamais vu une femme faire cela.

— Comment t'appelles-tu, au fait ? demanda enfin Marie en soufflant la fumée.

— Tomek, je m'appelle Tomek.

— Eh bien, Tomek, tu dois savoir que pour contourner cette forêt, pour en « faire le tour » — et ils faillirent se remettre à rire —, pour en faire le tour, il faut sans doute plus de deux ans.

— Deux ans ! répéta Tomek, stupéfait.

— Oui, cette forêt est la mère de toutes les forêts, c'est la plus ancienne et la plus grande.

En tout cas la plus longue. Tu sais comment elle s'appelle ?

— Non, répondit Tomek.

— Elle s'appelle… Cadichon !

Tomek crut un instant que la forêt s'appelait Cadichon, et il trouva que le nom était bien mal choisi pour une forêt aussi redoutable, mais non, Marie s'était simplement interrompue pour appeler son âne.

— Cadichon ! Veux-tu un morceau de fromage pour ton dessert ?

L'âne remua la queue, ce qui voulait dire oui sans doute car Marie se leva pour le lui apporter.

— Elle s'appelle la Forêt de l'Oubli. Et tu sais pourquoi ?

— Non, répondit Tomek, en se disant qu'il ne savait décidément pas grand-chose.

— Elle s'appelle la Forêt de l'Oubli parce qu'on oublie immédiatement ceux qui y entrent…

— Vous voulez dire…

— Tu peux me dire « tu », Tomek, je ne suis pas la reine d'Angleterre.

— Tu veux dire qu'ils ne reviennent plus et qu'on finit par les oublier ?

— Non. Pas du tout. Je veux dire qu'on les oublie dès qu'ils y entrent. Comme s'ils n'existaient plus, comme s'ils n'avaient jamais existé. La forêt les avale tout entiers, et avec eux le souvenir qu'on en a. Ils sortent à la fois de notre vue et de notre mémoire. Tu comprends ?

— Pas tout à fait…

— Bon. Je vais te donner un exemple. Tes parents pensent sans doute à toi en ce moment, ils se demandent où tu es, ce que tu…

Tomek l'interrompit :

— Je n'ai plus de parents. Je suis orphelin.

— Bien, alors dis-moi le nom de quelqu'un qui te connaît très bien et qui t'aime beaucoup.

Tomek n'eut pas à hésiter :

— Icham. C'est mon meilleur ami.

— Parfait. Cette personne pense donc certainement à toi en ce moment, elle se demande si tu vas bien, ce que tu fais, quand tu vas revenir, non ?

— Si, certainement… répondit Tomek, et son cœur se serra.

— Eh bien, dès que tu auras mis un pied dans cette forêt, Écham…

— I… cham, la corrigea Tomek.

— Icham n'aura plus le moindre souvenir de toi. Pour lui, tu n'auras jamais existé, et si on lui demande des nouvelles de Tomek, ce qui est d'ailleurs impossible puisque personne ne peut demander des nouvelles de quelqu'un qui n'existe plus, mais admettons qu'on puisse le faire et donc qu'on lui demande des nouvelles de Tomek, eh

41

bien, il répondra : « Des nouvelles de qui ? » Et cela aussi longtemps que tu resteras dans la forêt. À l'inverse, dès que tu en sortiras, si tu en sors, tout sera comme avant et ton ami Icham pourra se demander : « Tiens, et ce bandit de Tomek, qu'est-ce qu'il peut bien fabriquer à l'heure qu'il est ? »

— Et... et si je n'en sors pas ? demanda faiblement Tomek.

— Si tu n'en sors pas, alors tu seras oublié pour l'éternité. Ton nom ne dira rien à personne. Ce sera comme si tu n'avais pas vécu.

Jamais Tomek n'aurait imaginé qu'une chose aussi horrible puisse exister. Il termina en silence sa tartine de beurre et son gobelet de café, tandis que Marie finissait sa cigarette, et tout à coup il eut une idée folle.

— Mais alors, Marie, si tu entrais tout de suite dans la forêt, d'un mètre seulement, tu n'existerais plus pour moi ?

— Exactement, Tomek. Ça t'amuserait d'essayer ?

Le mot « amuser » ne convenait pas vraiment. Cela lui faisait même un peu peur, mais il accepta tout de même et tous les deux se hâtèrent de ranger ce qui restait du petit déjeuner et d'éteindre le feu. Puis Marie attela la carriole à Cadichon comme à un vrai petit cheval. Ils sautèrent dedans et elle lança :

— Hue, Cadichon !

L'âne se mit à trotter en direction de la forêt et ils l'atteignirent en quelques minutes. Tomek se demandait de plus en plus s'il avait vraiment envie de faire cette drôle d'expérience, mais déjà Marie le poussait hors de la carriole.

— Voilà, je vais m'avancer de quelques mètres dans la forêt avec Cadichon. J'y resterai trois minutes environ puis je ressortirai. J'espère seulement que tu n'auras pas l'idée d'entrer à ton tour dans la forêt, car on n'en aurait pas fini de se chercher. Ou plutôt de ne *pas* se chercher, justement ! Quel âge as-tu, Tomek ?

— J'ai treize ans.

— Alors ça va. Aucun enfant de treize n'oserait entrer tout seul dans cette forêt. À tout à l'heure, Tomek ! Hue, Cadichon !

L'âne se mit en marche, tirant la carriole, Marie fit un dernier signe du bras et elle disparut entre les troncs noirs de la Forêt de l'Oubli.

Tomek recula d'une dizaine de pas pour mieux voir l'impressionnant mur d'arbres qui se dressait devant lui. C'était une variété de sapins très sombres et très touffus, hauts de quatre-vingts mètres au moins. Sans même entrer dans la forêt, on en sentait la fraîcheur. Il doit faire bien noir là-dessous, se dit Tomek avec inquiétude. Il était peut-être plus raisonnable de contourner cette forêt, d'en faire le tour. À cette pensée, il eut curieusement envie de rire, et pourtant ce n'était pas drôle. Perdre plusieurs jours ou même plusieurs semaines n'avait rien de réjouissant... Si seulement il avait eu avec lui un compagnon de voyage, évidemment, il aurait vu les choses d'une autre manière. À deux, on s'encourage, on s'entraîne, on peut rire ensemble, se porter secours s'il le faut. Or, depuis son départ, il n'avait rencontré personne. Et il avait fini par dormir sous cet arbre là-bas, tout seul, enroulé dans sa couverture. Sa couverture ! Il avait oublié sa couverture !

Il courut à toutes jambes vers l'arbre et plongea sous les branches. Ouf ! Elle était encore là. Il se promit d'être plus vigilant désormais. Un aventurier ne doit pas perdre ses affaires, surtout quand il en a si peu. Ce n'est qu'en sortant de sa cachette qu'il vit les restes d'un feu tout près de l'arbre. Il aurait pourtant juré qu'il n'y avait rien la veille quand il était arrivé là. Et personne n'était venu depuis. Voilà qui était bien étrange.

Il roula la couverture sur ses épaules et fit quelques pas en direction de la forêt. Après tout, elle n'était peut-être pas aussi grande que cela. En partant tout de suite et en marchant d'un bon pas, il en serait sorti avant midi peut-être, au plus tard avant la nuit. Et en cas de mauvaise rencontre, il avait son couteau à ours dans sa poche.

Avant d'entrer dans la forêt, il eut une dernière hésitation car il lui vint à l'esprit qu'il n'avait rien mangé au petit déjeuner et qu'il aurait sans doute besoin de toutes ses forces. Or, il constata avec surprise qu'il n'avait pas faim et qu'il se sentait même tout à fait rassasié. Allons ! se dit-il, et il s'avança avec détermination vers la forêt.

Il allait y pénétrer quand il entendit des branches craquer tout près de là. Était-ce un animal ? Un être humain ? Le bruit se rapprochait. Tomek recula vivement et se coucha dans les herbes hautes pour voir ce qui allait surgir de l'obscurité. Ce qu'il vit, ce furent d'abord deux oreilles d'âne, puis une tête d'âne, puis un âne tout entier, enfin une carriole tirée par l'âne et sur la carriole une grosse femme souriante. Rassuré, il se redressa.

— Alors, Tomek ! La mémoire te revient ? lui lança joyeusement Marie.

Tomek se précipita vers la carriole. Marie, qui en était descendue, lui tendit les bras. Tomek n'osa pas s'y jeter parce qu'ils ne se connaissaient pas encore assez bien. Il se contenta de lui prendre les mains et de les serrer. C'est ainsi qu'ils devinrent amis.

CHAPITRE V

MARIE

Au début, la forêt n'était pas du tout épaisse ni sombre comme Tomek l'avait redouté. Au contraire, la lumière y pénétrait par le haut à travers les branches des sapins et elle tombait en cascade sur le sol jonché d'aiguilles. Un chemin très praticable filait tout droit et il était si moussu qu'on entendait à peine le trot de Cadichon. Le petit âne allait gaiement, tirant sans peine la carriole sur laquelle Marie et Tomek avaient pris place. Il n'y avait pour l'instant rien à craindre des ours, selon Marie, leur territoire était à plus de cinq heures de là, et il serait bien temps d'y penser. La conversation allait bon train, comme chaque fois que deux personnes qui ne savent encore presque rien l'une de l'autre découvrent qu'elles s'entendent bien. Ainsi Tomek apprit-il que Marie avait l'habitude de dormir sous l'arbre isolé et que la veille elle avait eu la surprise d'y trouver quelqu'un à sa place. Mais il dormait si bien qu'elle n'avait pas eu le cœur de le réveiller et qu'elle avait passé le reste de la nuit dans la carriole. Il apprit aussi qu'elle traversait la forêt une fois par an seulement. Le hasard avait voulu que ce soit justement aujourd'hui, le même jour que Tomek. Quand il voulut savoir pourquoi elle faisait cela, elle eut une hésitation puis finit par demander :

— Ça t'intéresse vraiment ?

— Oui, répondit Tomek, et si tu veux, je t'expliquerai ensuite pourquoi je veux traverser moi aussi.

— D'accord, mon garçon. Après tout, je n'ai pas si souvent l'occasion de le raconter et ça me fera plaisir. Mais installe-toi bien, car c'est une longue histoire.

Tomek, qui adorait les histoires, se glissa au chaud sous sa couverture car l'air s'était rafraîchi et il attendit. Marie prit le temps de se rouler une nouvelle cigarette, d'enfiler une veste supplémentaire puis elle commença ainsi :

— Mon cher Tomek, tu auras peut-être du mal à l'imaginer, et ça ne me vexera pas, je ne me vexe plus de rien aujourd'hui, tu auras du mal à imaginer qu'à dix-huit ans j'étais une jolie fille.

Une très jolie fille, même. Et comme par-dessus le marché mon père était un des plus riches commerçants de notre ville, tu te doutes bien que je n'avais que l'embarras du choix pour me marier. Tu as déjà vu des abeilles autour d'une cuillerée de confiture ? Eh bien, voilà comment les garçons étaient autour de moi. Tous. Seulement, moi, je n'étais pas pressée de me marier. C'était tellement drôle de les voir défiler à la queue leu leu sous nos fenêtres. Il y en avait de toutes les sortes : des petits, des gros, des laids, des moches, des presque beaux, des affreux, des tordus, des presque droits, des complètement bancals, de tout, je te dis, de tout. Qu'est-ce qu'on a pu s'amuser avec mes sœurs en les regardant ! On étouffait de rire derrière les rideaux. Quelques années ont passé comme cela. Et puis mes sœurs se sont mariées et j'ai voulu faire comme elles. Alors j'ai choisi le garçon qui me semblait le meilleur parti. Il était bel homme, Tomek, vraiment bel homme, je t'assure. La taille élancée, un beau visage plein de noblesse. Très intelligent aussi : c'était un plaisir de l'écouter parler, tout le monde s'accordait à le dire. Et figure-toi qu'il avait également des biens. Bref, quand j'aurai ajouté qu'il était d'une grande gentillesse et attentif au moindre de mes désirs, tu auras compris que j'avais trouvé l'oiseau rare, comme on dit ! Le mariage a été célébré deux mois plus tard. C'était d'une folle gaieté. Tout le monde était heureux, je crois, ce jour-là. Et moi la première. Mais vois-tu, Tomek, il s'est passé la chose suivante… Doucement, Cadichon !

L'âne, qui avait pris de l'allure, en était presque à galoper et cela brinquebalait un peu trop dans la carriole. Mais il obéit aussitôt à l'ordre de sa maîtresse et se remit tranquillement à trotter.

— Oui, il s'est passé la chose suivante. Trois jours ne s'étaient pas écoulés que je me suis rendu compte d'un petit inconvénient : c'est que je ne l'aimais pas…

— Tu… tu ne l'aimais pas ? fit Tomek en ouvrant des grands yeux tout ronds.

— Eh non, je ne l'aimais pas, répondit Marie, et elle commença à pouffer de rire, bientôt accompagnée par Tomek.

— Mais tu veux dire… pas du tout ?

— Pas du tout du tout !

Et tous les deux se mirent une fois de plus à rire comme des bossus. Décidément, se dit Tomek en essuyant ses larmes, voilà une personne de bonne composition !

Au bout de quelques minutes, une fois son fou rire passé, Marie put reprendre son histoire et elle continua ainsi :

— Il n'était pas question de se séparer. Ça ne se faisait pas. Quel scandale, tu imagines, si j'avais avoué la vérité ! On ne m'avait rien imposé, après tout, je n'avais à m'en prendre qu'à moi-même, je l'avais bien choisi toute seule, ce garçon ! Mais voilà, je n'avais pas de tête, on n'a pas de tête à vingt ans, et j'avais oublié que pour me plaire il fallait d'abord être drôle. Parce qu'il se trouve que j'aime bien rire, tu l'auras peut-être remarqué ? Et justement il n'était pas drôle… Mais c'était trop tard pour m'en apercevoir. J'ai passé quelques jours terribles. Je savais que ma vie serait fichue si je ne faisais rien. Une nuit donc, nous étions mariés depuis moins d'une semaine, je me suis glissée hors du lit, j'ai enfilé le premier manteau qui m'est tombé sous la main, la première paire de chaussures et je suis sortie dans la rue. Je suis allée taper au carreau d'un petit marchand des quatre-saisons nommé Pitt que je connaissais depuis longtemps. Je prenais toujours les fruits à sa carriole sur le marché. Il était un peu amoureux de moi, ça se voyait. Moi, je l'aimais bien parce qu'il était gentil et drôle. Il a ouvert la fenêtre et je lui ai demandé :

« — Tu m'emmènes ?

« Il a dit :

« — Où ça ?

« Je lui ai dit :

« — Où tu veux, loin d'ici !

« Il n'a même pas demandé quand on reviendrait, ni même si on reviendrait. Deux minutes plus tard, il avait attelé sa carriole à son âne et jeté dedans quelques fripes au hasard. Nous y avons sauté tous les deux et nous avons quitté la ville. Eh bien, figure-toi que j'ai su immédiatement que celui-là je l'aimerais toujours, exactement comme j'avais su que l'autre je ne l'aimerais jamais… Tu vois comme les choses les plus graves sont parfois vite réglées dans la vie… Bref, le petit âne a trotté pendant tout ce qui restait de la nuit. Je me rappelle qu'à un moment j'étais sur le point de pleurer parce que je réalisais que j'étais partie sans même dire adieu à mes sœurs, et c'est là que l'âne a commencé à péter. Le petit marchand m'a dit : "Excuse-le, c'est un péteur." Mais l'âne a continué, et plus on riait, plus il pétait. Ça aurait pu être un moment très émouvant : les deux amants en fuite, la nuit étoilée, tout ça, et il fallait que cet âne soit un péteur ! Au fait, Cadichon que tu vois là est le petit-fils de ce fameux âne et il est tout à fait digne de son grand-père, tu auras sûrement l'occasion de le constater d'ici peu. Pitt et moi avons vécu une année sur les routes, à vendre des fruits et des légumes. Pour ne pas être reconnue, je me suis laissée grossir. Moi qui avais toujours fait des efforts pour perdre du poids, je trouvais bien agréable de faire le contraire. À Pitt, ça ne lui déplaisait pas, il me disait : "Alors, ma grosse poule !" et il me couvrait de baisers ! Oh, nous n'avons pas croulé sous la richesse, loin de là, mais si tu savais comme nous avons pu rire. C'est la période la plus heureuse de ma vie. Et puis un beau jour nous avons su que des cavaliers étaient sur nos traces, qu'on nous recherchait toujours. Nous avions entendu parler de cette Forêt de l'Oubli, et nous avons pensé que c'était exactement ce qu'il nous fallait. On nous oublierait et, par la même occasion, on nous laisserait tranquilles. Or nous n'en demandions pas plus, juste qu'on nous laisse tranquilles…

À ce moment du récit de Marie, Tomek eut un frisson. Il se rappela soudain où il était et ce que cela signifiait : à présent il n'existait plus pour personne sinon pour cette grosse dame qui lui racontait sa vie et qu'il ne connaissait pas quelques heures plus tôt. Il se força à écouter la suite de l'histoire afin de ne pas trop y penser.

— Nous sommes venus jusqu'à l'endroit où je t'ai rencontré hier, continua Marie, et nous n'avons pas hésité longtemps. Pitt a dit : « Hue, Cadichon ! » L'âne s'appelait déjà Cadichon. Tous les trois se sont appelés Cadichon : le grand-père, le père et le fils. Tous les trois péteurs. Et nous sommes entrés dans la forêt. J'y entrais pour la première fois. Comme toi aujourd'hui. Je te passe la traversée, sinon nous y serions encore demain. Et puis tu vas pouvoir te rendre compte de tout cela par toi-même. Toujours est-il qu'une fois de l'autre côté nous nous sommes demandé si nous ne rêvions pas. Imagine un océan de fleurs, aussi loin que tu regardes, des fleurs de toutes les couleurs, de toutes les formes, de toutes les tailles. Une avalanche de parfums. Pitt était comme ivre, il s'est mis à courir en tous sens. Il a arraché une grande fleur mauve, il se l'est coiffée sur la tête à la manière d'un chapeau en hurlant : « Capitaine Pitt à votre service ! » Moi aussi j'étais folle de joie. J'ai éclaté de rire et je lui ai crié : « Repos, capitaine ! » Alors, il s'est laissé tomber tout raide en arrière, comme un bâton, pour me faire rire, bien sûr, et il n'a plus bougé. J'ai couru pour venir l'embrasser et c'est là que j'ai vu qu'il était mort. Sa tête avait heurté la seule pierre de la prairie. La seule, je te jure. Je l'ai appelé : « Pitt ! Pitt ! », mais il ne répondait plus. Il me souriait avec son drôle de chapeau sur la tête. On ne pouvait pas mourir plus heureux. J'allais pleurer quand Cadichon a lâché une bonne pétarade. Alors, en une seconde, tu vois que dans ma vie j'ai toujours pris mes décisions en une seconde, j'ai décidé que je ne pleurerais pas, que je ne pleurerais plus jamais et qu'au contraire je continuerais à célébrer la vie comme avant, comme avec lui. J'ai creusé un trou et je l'ai allongé dedans. Ce ne sont pas les fleurs qui manquaient pour décorer la tombe ! Et puis je lui ai simplement dit que je reviendrais le voir l'année prochaine, que je reviendrais le voir tous les ans. Et c'est ce que je fais depuis… Voilà mon histoire, Tomek. Mais dis donc, tu ne vas pas pleurer, quand même !

Tomek avait du mal à contrôler le tremblement de son menton. Mais si elle ne pleurait pas, elle qui avait vécu tout ça, il n'allait pas pleurer, lui qui se contentait de l'entendre. Il serra donc les dents, puis il demanda :

— Et tu es revenue de ce côté-ci de la forêt ensuite ? Pourtant ce devait être bien, là-bas, avec toutes ces fleurs.

— Bien sûr que j'ai imaginé de rester là-bas, surtout en sachant ce qui m'attendait de ce côté-ci. Alors Cadichon et moi nous nous sommes engagés dans cette grande prairie. Mais figure-toi qu'il est impossible d'y faire plus d'un kilomètre.

— Et pourquoi donc ? questionna Tomek.

— Tout simplement parce que les parfums rendent fou. Ils vous montent à la tête et on se met à délirer. On a des hallucinations. C'est très agréable et très drôle, mais sans doute qu'on en meurt si on continue. Heureusement, Cadichon a été plus résistant que moi. J'ai juste eu la présence d'esprit de lui dire : « Demi-tour, Cadichon ! » avant de perdre connaissance, et il m'a ramenée vers la tombe de Pitt, au bord de la forêt, là où les parfums sont moins violents. Et nous avons traversé dans l'autre sens.

Un long silence suivit le récit de Marie. Cadichon junior trottait bravement. Tomek nota qu'il faisait bien plus sombre qu'auparavant et que la température avait encore baissé.

— Et toi ? reprit Marie. Qu'est-ce qui t'amène ici ? À toi de raconter maintenant.

— Oui, répondit Tomek en se serrant dans sa couverture, mais mon histoire n'est pas aussi intéressante que la tienne. Il se trouve seulement que j'avais très envie de voyager. Je tiens une petite épicerie dans mon village et je crois que je m'ennuyais un peu. Et puis je suis à la recherche de la rivière Qjar. Tu la connais ?

Marie n'en avait jamais entendu parler.

— C'est une rivière qui coule à l'envers, paraît-il, et si on arrive à la remonter jusqu'au bout, en haut d'une montagne qui s'appelle la Montagne Sacrée, eh bien, on peut prendre de son eau et cette eau empêche de mourir.

— Vraiment ? s'étonna Marie. Et qui t'a donc parlé de cette rivière ?

— Mon ami Icham. Il est très vieux maintenant et j'aimerais beaucoup lui rapporter de cette eau.

— Tu es un garçon bien courageux, Tomek, dit Marie après un silence. Dis-moi, lorsque je suis ressortie de la forêt au moment de notre expérience, tout à l'heure, est-ce que tu n'allais pas y entrer ?

— Je crois bien que si, répondit Tomek, assez fier de lui.

— Ainsi tu veux trouver cette eau pour ton ami Icham et c'est ce qui t'a fait partir de chez toi.

— Oui, c'est ça.

— Rien d'autre ? demanda Marie.

— Rien d'autre, répondit Tomek.

Il lui sembla très confusément qu'il y avait autre chose mais cette autre chose était insaisissable. Il fit un effort pour la retrouver mais en vain.

Puis ils cessèrent de parler et se laissèrent bercer par le mouvement régulier de la carriole sur le chemin.

CHAPITRE VI

LES OURS

Au bout d'une heure de route, le temps pour Tomek de se rendre compte que Marie n'avait pas exagéré les capacités musicales de Cadichon, l'obscurité se fit et on n'y vit plus guère. En outre, un froid humide s'était abattu sur la carriole et ses occupants.

— Holà, Cadichon ! s'écria Marie, et l'âne s'arrêta aussitôt.

Puis elle tendit une veste à Tomek qui frissonnait.

— Tiens, couvre-toi. Il va faire encore plus froid d'ici peu. Moi, je vais mettre ses pantoufles à notre petit ami.

Tomek se demanda ce que cela voulait dire et il la regarda faire. Elle fouilla dans la carriole et en tira une brassée de tissus qu'elle jeta au sol.

Puis elle descendit et entreprit d'envelopper chaque pied de Cadichon, si bien qu'il eut bientôt une sorte de grosse boule au bout de chaque patte. Tomek n'y comprenait rien.

— Et voilà. Aux roues maintenant ! J'ai besoin de ton aide, Tomek !

Il sauta à son tour de la carriole et tous les deux firent avec les roues la même chose que Marie avait faite avec les pattes de Cadichon : ils les entortillèrent dans de longs rubans de tissu qu'ils fixèrent ensuite aux rayons. La carriole avait désormais de véritables pneumatiques ! Tomek allait demander à Marie à quoi tout cela pouvait bien servir, quand un cri aigu leur parvint, aussitôt suivi d'un grognement épouvantable qui fit trembler la forêt. Cela ressemblait davantage à un hurlement de douleur qu'à celui d'une bête qui attaque. Cadichon s'immobilisa. Marie et Tomek tendirent l'oreille mais le silence était retombé.

— Qu'est-ce que c'était ? demanda Tomek en serrant malgré lui le bras de Marie.

— Je ne sais pas, avoua-t-elle. Un ours, certainement. Qui a dû se blesser et se faire très mal. Mais le cri d'avant ? Je ne sais pas… On aurait dit… Non, je ne sais pas…

Puis, comme on n'entendait plus rien, ils remontèrent dans la carriole et reprirent leur route.

À la grande surprise de Tomek, l'attelage était devenu presque silencieux. On percevait à peine le tap tap des pieds de Cadichon, et plus du tout le bruit des roues sur le chemin. C'était comme s'ils avaient glissé.

— Et maintenant je vais t'expliquer, chuchota Marie à son ami.

— Volontiers, répondit Tomek, parce que je donne ma langue au chat.

— Eh bien voilà, reprit Marie, comme je te l'ai déjà dit, cette forêt est infestée d'ours. Leur territoire commence seulement ici, voilà pourquoi nous n'en avons pas encore vu. C'est une race d'ours très dégénérée car ils sont les seuls êtres vivants dans cette forêt et, comme tu le sais sans doute, cela rend idiot de rester toujours entre soi. De plus, à force de vivre dans l'obscurité, ils sont devenus complètement aveugles. Leur odorat non plus ne vaut pas grand-chose, ils ne feraient pas la différence entre un poulet rôti et une fraise des bois. Le seul sens qui fonctionne bien chez eux, c'est l'ouïe. Ils ont une bonne oreille et passent leur temps à guetter le moindre bruit. Car ils en ont plus qu'assez de manger des champignons sans goût et de la mousse pourrie. Pour eux, bruit égale viande, tu comprends ? Eux-mêmes sont très silencieux malgré leur corpulence, ils se déplacent sans qu'on les entende et brusquement ils surgissent devant vous. Pour eux, nous sommes de la viande, Tomek, ne l'oublie jamais pendant les deux ou trois heures qui viennent. Ne parle plus. Ne bouge plus. Ne respire pas bruyamment. Et surtout, pour l'amour de Dieu, n'éternue pas! Cette forêt regorge sans doute de braves gens morts dévorés par les ours parce qu'ils ont éternué ou simplement parce qu'ils se sont raclé la gorge.

— Mais... et Cadichon? murmura Tomek, terrorisé. S'il... enfin, s'il se met à...

— Cadichon est plus malin que tu ne le penses. Il a déjà perdu un œil dans cette forêt et il sait à présent que son salut dépend de son silence. Il saura se tenir. Ah oui, une dernière chose: ces ours sont... comment dire... ils sont grands.

— Très grands? demanda Tomek.

— Très grands, confirma Marie. Et maintenant, silence. Plus un bruit jusqu'à ce que je t'en donne à nouveau la permission.

Ils continuèrent à glisser ainsi dans la nuit. Tomek distinguait à peine la croupe de Cadichon qui dansait devant lui. Malgré les mots rassurants de Marie, il n'avait qu'à moitié confiance. Il fit une brève prière qui commençait par: « Mon Dieu, faites que je revoie la lumière du jour, faites que je revoie grand-père Icham... » et qui se terminait par : « Je t'en supplie, Cadichon, ne pète pas ! »

Il est difficile de mesurer le temps quand tout, autour de vous, est noir et silencieux. Est-ce qu'une heure s'était écoulée, ou deux peut-être ? S'était-il assoupi ? En tout cas, Tomek eut soudain la sensation qu'ils n'avançaient plus. Cadichon s'était arrêté. Qu'est-ce que cela pouvait signifier ? Il se garda bien de bouger un cil. Que faisait Marie ? Pourquoi ne bougeait-elle pas non plus ? Est-ce qu'elle dormait ? Et Cadichon, pourquoi ne repartait-il pas ? Tomek eut bientôt la réponse à toutes ces questions. Un faible rayon de lumière traversait les hautes branches et tombait juste devant l'âne. Et là, en plein milieu du chemin, un ours se tenait assis. Tomek se sentit glacé jusqu'à la moelle des os mais il réussit à ne pas crier. Jamais il n'avait vu une bête de cette taille. Elle était parfaitement immobile, sauf l'énorme tête qui changeait quelquefois d'axe ou bien s'inclinait légèrement, et les petites oreilles poilues qui pivotaient lentement, à l'affût du moindre bruissement de feuille, de la moindre pierre qui roule. Marie l'avait bien dit : l'ours ne voyait rien, ne sentait rien, mais il écoutait. Ah, comme il écoutait ! Il était tout entier dans ses oreilles. Il y mettait une telle intensité que Tomek eut peur qu'il n'entende les battements de son cœur qui s'affolait dans sa poitrine. Il se rappela avoir vu un ours autrefois, sur la place du marché, dans son village. Le dresseur le faisait danser en jouant de la flûte. Mais celui-ci était bien plus grand, bien plus fort.

Cela dura une éternité. Cadichon était comme une statue de pierre. Marie ne donnait aucun signe de vie non plus. Tomek prit la résolution d'être patient lui aussi, même si cela devait durer des jours et des nuits. Il faudrait bien que cet ours finisse par s'en aller ! Il faudrait bien qu'il les laisse enfin partir ! Dans la position où il était, Tomek pouvait tenir longtemps. On verrait bien qui perdrait patience le premier ! Quelque chose le gênait cependant autour du cou. Une cordelette, lui sembla-t-il. Avec d'infinies précautions, il y porta la main, centimètre par centimètre. C'était une cordelette, en effet. Il la fit glisser entre ses doigts, imperceptiblement, pour savoir ce qu'il y avait au bout. Et il trouva une sorte de petit sac en toile fermé par un lacet. Il réussit à défaire le lacet. Il prit tout son temps. À l'intérieur de la pochette, on avait glissé une pièce de monnaie qui s'y logeait tout juste. Tomek la fit passer et repasser entre ses doigts. Une pièce d'un sou, estima-t-il. Elle était toute chaude d'être restée contre sa poitrine. Pourquoi l'avait-il mise là ? Il n'en avait aucun souvenir…

Le temps passa, impossible à mesurer. À un moment Tomek eut un léger soubresaut. Il avait failli s'endormir. Or il ne le fallait à aucun prix. Quand on dort, on peut ronfler, bouger. Il n'y a pas plus bruyant qu'une personne qui dort! Était-ce le sursaut de Tomek qui l'avait alerté? Toujours est-il que l'ours se mit en mouvement. Il posa ses deux pattes avant sur le sol et se mit à marcher. Par bonheur, il ne se dirigea pas vers la carriole. Au contraire il s'en éloigna. À cet instant, Tomek entendit dans un souffle la voix de Marie à son oreille. Elle lui chuchotait:

— Ils s'en vont…

Ils s'en vont? se demanda Tomek, comment ça, ils s'en vont? Il n'y en avait pourtant qu'un seul? Il voulut regarder derrière lui mais Marie l'en empêcha. Il fallait attendre encore un peu avant de bouger ne serait-ce que le petit doigt. Ils patientèrent donc quelques minutes, puis Tomek eut le droit de se retourner. Et là il pensa s'évanouir de terreur. L'ours qui disparaissait dans la nuit en se dandinant devait mesurer plus de douze mètres. Une montagne de chair, de griffes et de dents, qui, d'un seul coup d'ongle, aurait pu déchiqueter la carriole et ses occupants. Lorsque Marie jugea que le danger était tout à fait écarté, elle murmura:

— Hue, Cadichon !

Et le petit âne reprit sa marche en avant, plus silencieux qu'une mouche sur un tapis de velours.

Bientôt ils purent à nouveau converser à voix basse.

— Celui devant la carriole était un bébé, dit Marie. Il avait quelques mois, pas plus. L'autre était la mère, je pense.

— Heureusement que je ne l'ai pas vue, répondit Tomek, sinon je n'aurais pas pu m'empêcher de crier.

Il ramena la couverture sous son menton et respira profondément. Sans Marie et Cadichon, il n'aurait pas eu la moindre chance de s'en sortir. Il aurait fini dans le ventre d'un ours, oublié de tous pour l'éternité. Il en eut le frisson. Imaginer que la jeune fille au sucre d'orge ait supporté cela elle aussi, qu'elle ait affronté toute seule ces effroyables ours, imaginer… Tomek fut soudain pétrifié d'horreur. Le cri qu'ils avaient entendu quelques heures plus tôt ! C'était elle ! Ce ne pouvait être qu'elle ! Il s'écria, au bord des larmes :

— Marie, Marie, elle a été dévorée ! Elle…

— Ne crie pas, je t'en supplie ! l'interrompit Marie. Qui a été dévoré ?

— La jeune fille ! C'est elle qui a crié, j'en suis sûr ! Marie, il faut faire quelque chose !

— Mais de qui parles-tu, Tomek ? Quelle jeune fille ?

Il se rendit compte qu'il n'avait pas encore parlé d'elle à Marie. Curieusement, cela ne lui était pas venu à l'idée, et pourtant Dieu sait qu'elle occupait souvent ses pensées. Il se souvint aussi brusquement d'avoir cherché en vain tout à l'heure d'où provenait la pièce dans le petit sac autour de son cou. Il le dit à Marie. Celle-ci réfléchit quelques instants, puis :

— Eh bien, si tu ne te souvenais plus d'elle, Tomek, cela ne peut signifier qu'une seule chose, c'est que…

Tomek termina tristement la phrase commencée par Marie :

— … c'est qu'elle était dans la Forêt de l'Oubli… c'est donc bien elle qui a crié. Et c'est donc elle que les ours…

Il ne parvint pas à achever. Il la revoyait, si jolie dans la douce lumière de la lampe à huile : « Vous avez des sucres d'orge ? »

À quoi bon maintenant continuer le voyage ? À quoi bon même continuer à vivre ? Il eut envie de hurler de toutes ses forces : « Vous ne me faites pas peur, espèces de gros ours abrutis ! »

Il eut envie de chanter à pleine voix, de taper sur des casseroles pour qu'ils viennent, qu'ils le dévorent lui aussi et qu'on en finisse. S'il ne le fit pas, ce fut seulement parce qu'il y avait là Marie et Cadichon, et qu'ils n'avaient pas envie de mourir, eux. Il se cacha dans la couverture pour pleurer. Ils roulèrent longtemps comme cela. Tomek était inconsolable. Marie avait posé sa main sur son épaule et elle le caressait parfois, comme pour dire : « Ça va... ça va aller... » Puis soudain elle le serra plus fort et lui murmura :

— Tomek ! Je viens de réfléchir : il y a quelque chose à quoi nous n'avons pas pensé tous les deux.

— Quoi donc ? renifla-t-il.

— Si tu ne te souvenais pas de ta petite amie tout à l'heure, c'est parce qu'elle était dans la Forêt de l'Oubli, tu es d'accord avec moi ?

— Oui, et alors ?

— Et maintenant tu repenses à elle... Elle est revenue dans ta mémoire...

Tomek, qui comprenait petit à petit ce que Marie voulait dire, bondit d'un coup hors de sa couverture.

— Mais oui, bien sûr ! Si je repense à elle, c'est qu'elle n'est plus dans la Forêt de l'Oubli... Elle en est sortie ! Marie ! Elle en est sortie !

Ils s'embrassèrent de joie. Cadichon accéléra l'allure et bientôt les trois amis atteignirent les limites du territoire des ours. Ils purent à nouveau élever la voix, y voir davantage et surtout sentir un peu de chaleur sur leur peau. Au fil des kilomètres, et dans le bonheur de la clarté revenue, Tomek et Marie se mirent à chanter toutes les chansons qui leur passaient par la tête et ils finirent par brailler à gorge déployée :

Mon âaane mon âaane
A bien mal à sa patte !

Cadichon, qui n'avait pas mal à la patte du tout, galopa comme au temps de sa jeunesse et bientôt ils jaillirent dans la lumière de la prairie, laissant derrière eux la Forêt de l'Oubli et ses ténèbres.

CHAPITRE VII

LA PRAIRIE

La tombe de Pitt était toute simple. Un léger renflement de terre sur lequel Marie avait fait se croiser deux branches de noisetier. Des fleurs blanches y avaient poussé toutes seules et cela faisait la plus charmante petite sépulture qu'on puisse voir, aussi joyeuse sans doute que Pitt avait été joyeux dans sa vie. Tomek et Marie s'y recueillirent un instant en silence, puis Marie dit tendrement :

— Repos, capitaine…

Ses yeux brillèrent mais elle ne pleura pas.

La prairie dépassait en beauté tout ce que Tomek avait jamais vu. Imaginez un jardin qu'on n'aurait semé que de fleurs : des mauves, des blanches, des rouges, des jaunes, des noires comme la nuit, toutes plus éclatantes les unes que les autres.

Eh bien, ce qui s'étendait là sous les yeux de Tomek, c'était un million de jardins comme celui-ci, à perte de vue.

Il s'avança de quelques pas dans la prairie et se pencha sur les premières fleurs. Elles ressemblaient à des pensées avec leurs pétales de velours, mais elles étaient aussi vertes que si on venait de les peindre. Il en cueillit une et la porta à ses narines. Il trouva qu'elle sentait à la fois le poivre et le chocolat. Ce n'était pas désagréable. Il respira de nouveau, profondément, et soudain il s'aperçut qu'il portait aux mains ses grosses moufles d'hiver, celles qu'il avait petit garçon. Il les avait perdues un jour et ne les avait jamais retrouvées. Cela le fit rire aux éclats et il voulut les montrer à Marie.

— Marie, Marie, viens voir ! Regarde mes mains ! J'ai retrouvé mes vieilles moufles d'hiver ! Celles que j'avais quand j'étais petit !

Elle arriva en courant et donna un coup sec sur le poignet de Tomek pour l'obliger à lâcher la fleur.

— Laisse cette fleur, Tomek ! Et je t'interdis d'en cueillir une autre !

Puis elle l'entraîna vers l'orée du bois où Cadichon les attendait sagement.

— Tomek, ce sont des variétés inconnues. Il vaut mieux être prudent.

Ensuite ils allèrent chercher du bois sec dans la forêt. Quand ils en ressortirent, Cadichon poussait des braiments à fendre l'âme. Le malheureux s'était cru seul au monde pendant quelques instants. En revoyant ses deux amis, il bondit de joie et lâcha une joyeuse pétarade de bienvenue. Ils firent du feu et Marie prépara une bonne marmite de pommes de terre au lard. Puis ils prirent gaiement leur repas en admirant le coucher de soleil sur la prairie. Enfin, comme la nuit venait, ils aménagèrent deux couches de fortune dans la carriole et s'y allongèrent côte à côte.

— Bonne nuit, Tomek, dit Marie. Je suis contente de t'avoir rencontré. Contente d'avoir pu te parler de Pitt.

— Bonne nuit, Marie, bredouilla Tomek, et il s'endormit d'un sommeil paisible.

Le lendemain matin, alors qu'ils prenaient leur petit déjeuner, Marie dit à Tomek qu'elle passerait la journée auprès de Pitt et qu'elle s'en retournerait le soir même. Et lui, que comptait-il faire ?

— Je crois, répondit Tomek, que je vais essayer de traverser la prairie. Je me boucherai le nez et voilà !

— Je m'en doutais ! dit Marie. Depuis que je t'ai vu prêt à traverser la forêt tout seul, je sais que tu es capable de tout !

Elle ne fit rien pour le dissuader. Elle lui confectionna un balluchon qu'il porterait à l'épaule en plus de la couverture et elle le remplit de victuailles : du pain, bien sûr, mais aussi du fromage, des fruits secs et des biscuits. Pour finir, Tomek versa de l'eau fraîche dans sa gourde et introduisit dans ses narines deux boules de tissu qu'il avait préparées. À titre d'essai, il renifla d'abord le reste de café puis une des fleurs vertes. Ce fut concluant : les odeurs ne passaient pas et il pouvait respirer librement.

Enfin ce fut le moment des adieux.

— Si tu changes d'avis, ou si quelque chose va de travers, lui dit Marie, tu auras jusqu'à ce soir pour faire demi-tour et me retrouver ici. Et maintenant file ! Je n'aime pas les adieux et Cadichon non plus !

Ils s'embrassèrent, et Tomek, le cœur serré, s'engagea dans la prairie.

— Adieu, Marie ! Adieu, Cadichon ! lança-t-il.

— Adieu, Tomek, répondit Marie en riant de bon cœur. Et n'oublie pas : je reviendrai ici dans un an exactement. Nous nous reverrons peut-être !

— Peut-être ! reprit Tomek, et il ne se retourna plus.

Les petites boules de tissu faisaient merveille et Tomek marcha une grande partie de la journée sans être indisposé par le parfum des fleurs. Il allait d'un bon pas. La jeune fille au sucre d'orge ne les avait pas précédés de beaucoup dans la forêt, se disait-il. Elle n'en était sortie que quelques heures avant eux, et même en admettant qu'elle n'ait pas dormi une nuit entière comme ils l'avaient fait, elle ne pouvait pas être très loin. Évidemment, la forêt était immense et peut-être l'avait-elle traversée à des kilomètres et des kilomètres de là. Comment savoir ?

À chaque instant, Tomek découvrait de nouvelles variétés de fleurs. Il n'en connaissait aucune. Tantôt il marchait dans un océan de jaune, au milieu de tulipes géantes dont les calices étaient pleins à ras bord d'une poudre d'or que le moindre souffle de vent faisait voler. Tantôt c'était une symphonie de rouges et de fleurettes minuscules qu'on ne distinguait pas les unes des autres et qui se confondaient en un tapis de mousse écarlate sur lequel on marchait sans bruit. Le plus merveilleux, ce furent d'immenses fleurs bleues dont les pétales, aussi grands que des draps, flottaient comme flottent les plantes aquatiques au fond de la mer.

Vers la fin de l'après-midi, il fit une halte pour se reposer un peu, et, à sa grande surprise, il s'aperçut qu'il avait un balluchon sur l'épaule en plus de sa couverture. Il l'ouvrit et y trouva de quoi manger : du pain, bien sûr, mais aussi du fromage, des fruits secs et des biscuits. Il ne se rappelait pas avoir emporté cela. Il y avait donc une seule explication : la personne qui lui avait donné ces provisions se trouvait maintenant dans la Forêt de l'Oubli. Voilà pourquoi il n'en avait aucun souvenir. Était-ce un homme ? Une femme ? Plusieurs personnes ou une seule ? Il n'en avait pas la moindre idée. En tout cas, se dit-il en mordant dans le fromage, c'est quelqu'un qui m'aime bien, sinon il ne m'aurait pas donné tout cela…

Puis il se remit en route et marcha encore longtemps, sans fatigue et le cœur léger. « Mon âââne, mon âââne, a bien mal à sa patte », commençait-il à fredonner quand il eut soudain la sensation qu'on le suivait. Il se retourna et vit qu'effectivement un jeune veau trottinait derrière lui. Le temps de se frotter les yeux et le petit animal avait disparu. Mais autre chose arriva : les cheveux de Tomek avaient poussé d'un coup et ils lui arrivaient jusqu'aux hanches. Il saisit donc aussitôt la paire de ciseaux que lui tendait gentiment une grande poule en costume de ville qui marchait à côté de lui, et il entreprit de les couper. Mais plus il les coupait et plus ils repoussaient.

Coupe coupe
Coupe coupe

se mit à chanter une chorale de petits bonshommes ventripotents, les mains sur leurs bedons.
Tomek éclata de rire. Puis tout ce monde-là, le
jeune veau (qui était revenu), les choristes aux
gros ventres et la poule en costume de ville, marcha au pas et chanta de plus belle :

> *Coupe coupe*
> *La cravate*
> *Coupe coupe*
> *Le torchon*
> *Ça veut rien dire mais on s'en tape*
> *Coupe coupe*
> *Le torchon !*

Tomek avait du mal à tenir debout tant il
riait. Mais comme tous chantaient avec entrain, il
reprit avec eux, de plus en plus fort :

> *Coupe coupe*
> *La cravate*
> *Coupe coupe*
> *Le dindon*
> *Les escargots n'ont pas de pattes*
> *Ni les moutons*
> *Ni les cochons !*

Bientôt tous durent s'arrêter parce qu'ils
riaient trop et surtout pour laisser traverser une
caravane de dromadaires miniatures qui venaient

de la droite. Passèrent ensuite six garçons jumeaux qui en portaient un septième dans un sac de toile. Tous marchaient vers l'ouest.

— Salut, les gars ! leur lança Tomek, hilare.

Ils ne répondirent pas et le dernier lui jeta même un regard noir qui signifiait : « Tu veux mon portrait ? »

Cela dégrisa un peu Tomek et il sentit au même moment qu'une grande fatigue le submergeait. Il s'assit, mais cela ne suffisait pas et il finit par s'allonger sur le sol de la prairie. Sa tête reposait sur un coussin de fleurs violettes dont l'odeur rappelait celle de son oreiller de plumes. L'odeur ? Il n'aurait rien dû sentir puisqu'il avait les petites boules de tissu dans son nez. Il y porta la main et s'aperçut qu'elles n'y étaient plus ! Elles avaient dû tomber sans qu'il s'en aperçoive… Il se dit qu'il fallait vite en préparer deux autres mais c'était trop tard, déjà il glissait dans le sommeil. Trois mulots vêtus de blouses blanches et portant des lunettes cerclées vinrent s'asseoir sur un banc à quelques centimètres de son visage. Ils l'observèrent tout d'abord attentivement en plissant les yeux, puis le premier prit la parole :

— Il lui faut un oreiller ! Apportez-lui donc un oreiller !

— Absolument, dit le deuxième. Pour bien dormir il faut un oreiller.

— Non… merci… je… je n'ai pas besoin de… d'o… bredouilla Tomek qu'une grande torpeur envahissait. Je… je ne veux pas dormir… Ce… c'est… dangereux… Il ne faut… il ne faut pas…

— Mais si, voyons ! dit le troisième mulot. Quoi de mieux qu'un bon petit somme quand on est fatigué ? Apportez-lui donc un oreiller !

Tomek sentit qu'on soulevait sa tête et qu'on glissait dessous son oreiller à lui, son oreiller de plumes. Ses paupières se fermèrent mais il continuait à voir les trois mulots qui lui souriaient.

— Voilà, dit le premier mulot. Voilà qui est bien.

— Non… ce n'est… ce n'est pas bien… dit Tomek avec les quelques forces qui lui restaient. Vous… vous êtes des… des mulots… Les mulots… ne parlent… ne parlent pas. Je voudrais… je voudrais rentrer à… la maison…

— Assurément, dit le deuxième mulot.

— Absolument, dit le troisième.

Et Tomek se sentit glisser, glisser sans pouvoir se retenir à rien du tout. Il sombrait dans l'abîme. Il voulut dire quelque chose encore mais les mots ne franchissaient plus ses lèvres. Au contraire, ils résonnaient comme des cloches à l'intérieur de son crâne. Puis les cloches elles-mêmes cessèrent leur tintamarre et il n'y eut plus rien.

CHAPITRE VIII

LES MOTS QUI RÉVEILLENT

— Sous… le… ventre… du cocro… du cro-
cro… du cro… co… dile…, fit la petite voix.

Tomek se réveilla à cet instant-là et entrou-
vrit les paupières. Il se trouvait dans une chambre
parfaitement rangée et qui sentait bon la lavande.
Il était allongé sur un lit propre, et l'enfant qui lui
faisait la lecture suivait les lignes avec son doigt.
Il n'avait pas plus de sept ans.

— C'est… là que… la cleffe… euh, la clef…
était ca… chée, continua-t-il sans s'apercevoir
que Tomek avait ouvert les yeux et le regardait.

— Le cocro… le cro… co… dile… dor…
mait à poings… fermés. Voilà ma… chance… se
dit… Flibus… le petit… singe…

Tomek ne put s'empêcher de sourire. L'enfant mettait tout son cœur à sa lecture mais il
butait sur chaque mot ou presque. La fenêtre était

77

entrebâillée et la brise faisait flotter les dentelles du rideau. C'était le soir, sans doute, en tout cas entre chien et loup. Dehors un arbre tendait ses branches nues vers le ciel. Tiens, pensa Tomek, il n'a déjà plus de feuilles… Le mobilier de la chambre se composait d'une simple petite armoire, d'un lavabo, d'une table de nuit et d'une chaise sur laquelle l'enfant était assis, un gros livre sur les genoux.

— Et il… avança… imperper… imprestep… oh zut ! imperspres…

— Imperceptiblement… ? lui souffla Tomek pour l'aider.

Ce fut comme si une bombe avait éclaté dans la chambre. L'enfant ouvrit une bouche immense, lâcha le gros livre qui tomba par terre et déguerpit à toutes jambes par la porte ouverte.

— Attends ! lui cria Tomek, mais il avait déjà disparu.

Il s'assit sur le lit et s'adossa à l'oreiller. Ce simple mouvement lui fit tourner la tête. J'ai dormi trop longtemps, se dit-il. Mais où suis-je maintenant ? Peu à peu la mémoire lui revint : il avait quitté le village… à cause des ours… oui, c'est ça… à cause des ours aveugles… ou plutôt non… à cause des fleurs… voilà, à cause des fleurs… il y avait un âne aussi… qui s'appelait… qui s'appelait…

Il avait le nom de l'âne sur le bout de la langue quand il entendit des éclats de voix venant d'en bas. Puis dix personnes au moins se bousculèrent dans l'escalier :

— Laissez-moi passer ! Ne poussez pas ! Je veux le voir ! Moi aussi !

Finalement une voix plus forte domina les autres :

— Silence ! Vous allez lui faire peur ! Vous entrerez quand je vous le dirai !

Le calme revint. Les marches de l'escalier craquèrent un peu, puis une silhouette se dessina à la porte. Malgré la pénombre, Tomek vit que c'était un vieil homme à barbe blanche, de très petite taille. Il s'avança vers le lit de Tomek avec un sourire bienveillant et dit en ouvrant les bras :

— Soyez le bienvenu parmi nous.

— Qui êtes-vous ? demanda faiblement Tomek. Où suis-je ?

— Vous êtes au village des Parfumeurs, répondit le vieux. Je m'appelle Eztergom et j'en suis le chef. En cherchant de nouveaux arômes dans la prairie, nous vous avons trouvé endormi et ramené ici. Mais n'ayez crainte, vous êtes en sécurité. Regardez : vos affaires ont été rangées ici dans cette armoire.

Il ouvrit l'armoire pour que Tomek puisse constater qu'il ne mentait pas, puis :

— Vous avez certainement mille questions à me poser, et j'y répondrai volontiers tout à l'heure. Mais auparavant j'aimerais que les habitants du village puissent vous voir… éveillé. C'est la tradition et cela leur ferait un immense plaisir. Y voyez-vous un inconvénient ?

— Mais… pas du tout… au contraire, bredouilla Tomek qui n'y comprenait rien. Cela me fera plaisir aussi…

— Merci infiniment, fit le vieil homme, et il se hâta vers la porte d'où il fit un signe de la main à ceux qui étaient dans l'escalier.

La chambre se remplit aussitôt d'hommes, de femmes et d'enfants qui ressemblaient tous à Eztergom avec leur petite taille, leur bonne grosse tête ronde et leurs joues rebondies. Ils avaient surtout le même sourire désarmant que le vieil homme. Ils avançaient timidement, sans bruit, en le regardant avec l'air attendri que l'on prend au-dessus du berceau d'un nouveau-né. Comme Tomek ne savait pas quelle contenance adopter, il se contenta de remercier avec des hochements de tête. Le groupe sortit bientôt et un autre le remplaça, puis un autre, puis un autre encore. En dernier arriva seul l'enfant qui lui avait fait la lecture tout à l'heure. Eztergom le fit avancer tout près du lit et le présenta ainsi :

— Voici le jeune Atchigom. C'est à lui que vous devez d'être réveillé.

Le jeune Atchigom en question était bien près d'éclater de fierté et de confusion à la fois. Ses joues étaient rouges de bonheur et la joie pétillait dans ses yeux.

— Merci, Atchigom, lui dit Tomek sans savoir au juste de quoi il le remerciait.

— Et maintenant, conclut Eztergom, je vais vous attendre à la cantine. Nos cuisinières vous y prépareront un bon repas. Vous aimez les crêpes ? Prenez le temps de vous réveiller tout à fait et de vous habiller. Atchigom restera en bas devant la porte et vous conduira le moment venu.

Puis ils tournèrent les talons tous les deux et disparurent, laissant Tomek qui ne savait plus que penser. Il avait en effet de nombreuses questions à poser à Eztergom ! Il descendit de son lit et, d'une démarche hésitante, s'avança jusqu'à la fenêtre. Le village était construit sur une colline, et on apercevait le début de la prairie en contrebas. Mais elle était sans fleurs… Tomek alla ouvrir l'armoire. Tous ses vêtements avaient été lavés et repassés. On avait même ciré ses chaussures. Sa couverture était là aussi, pliée avec soin, ainsi que son couteau à ours, sa gourde et ses deux mouchoirs brodés. Devant la porte il retrouva Atchigom qui l'escorta fièrement à travers le village.

— C'est moi qui t'ai réveillé ! C'est moi qui serai à côté de toi demain sur le carrosse !

— Sur le carrosse ? Nous serons sur un carrosse ?

Tomek aurait bien voulu en savoir plus, mais déjà ils arrivaient à la cantine et l'enfant s'éclipsa en sautillant de joie. Eztergom invita Tomek à s'asseoir et on leur apporta aussitôt un pichet de cidre et une grande quantité de crêpes. Il y en avait au lard, au fromage, au miel, aux pommes, à la confiture…

— Mon cher ami, dit le vieil homme, mangez à votre guise. Et pendant que vous mangerez, je vous donnerai les explications que vous attendez. Car tout cela doit vous sembler bien mystérieux.

— En effet, répondit Tomek, et il ouvrit grandes ses oreilles.

— Vous avez respiré le parfum d'immenses fleurs bleues nommées Voiles à cause de leur taille, expliqua Eztergom. Elles semblent flotter comme si elles étaient dans l'eau.

— Oui, se souvint Tomek, je les ai vues…

— Ces fleurs plongent dans un sommeil profond ceux qui respirent leur parfum. Et ils dorment aussi longtemps qu'on n'a pas prononcé

devant eux, à voix haute, les Mots qui Réveillent.
Un peu de cidre ?

— Les Mots qui Réveillent ? Quels mots qui
réveillent ? demanda Tomek qui en oubliait de
boire et de manger.

— Justement ! On ne le sait pas. Ces mots
sont différents pour chacun d'entre nous. Voyons :
quels sont ceux que vous avez entendus en vous
réveillant ?

— C'était *crocodile*, se souvint Tomek.

— Non, dit Eztergom. Cela aurait été trop
facile, nous l'aurions trouvé beaucoup plus tôt. Il
y avait d'autres mots, sans doute…

— *Sous le ventre du crocodile*, je crois. Oui,
c'est ça, Atchigom disait : *sous le ventre du crocodile*, quand je me suis réveillé.

— Voilà, jubila le vieil homme : *sous le
ventre du crocodile*… Eh bien pour vous, et pour
personne d'autre, les Mots qui Réveillent sont :
sous le ventre du crocodile !

— Mais c'est impossible à trouver ! s'exclama Tomek. Comment Atchigom est-il tombé
dessus ?

— Par hasard, mon ami, par hasard ! Je vous
en prie, goûtez donc ces crêpes au lard, vous allez
contrarier nos cuisinières !

Tomek se servit et mordit dans la crêpe. Elle
était délicieusement moelleuse et parfumée.

— Voyez-vous, reprit Eztergom, nous nous relayons au chevet des dormeurs et nous lisons sans cesse jusqu'à ce que les Mots qui Réveillent soient prononcés. C'est tout. Nous avons une très grande bibliothèque. Alors nous prenons les livres les uns après les autres et nous lisons à voix haute. Tous autant que nous sommes : les hommes, les femmes, les enfants, tout le monde s'y met. Pas question de perdre une minute. Cela peut durer longtemps, mais on finit toujours par trouver…

— Longtemps ? murmura Tomek, soudain pris de vertige. Combien de temps ai-je dormi, moi, par exemple ?

— Vous avez dormi trois mois et dix jours…

— Trois mois et… répéta Tomek, incrédule. Mais… je n'ai rien mangé pendant tout ce temps ?

— Non, sourit Eztergom, mais comme vous ne dépensiez aucune énergie, vous n'en aviez pas besoin… Vous sentez-vous affamé ?

— Oui, un peu tout de même, répondit Tomek, et il se servit une crêpe au sirop d'érable.

— Vous avez dormi assez longtemps, c'est vrai, mais quelquefois cela va beaucoup plus vite. La petite demoiselle, par exemple…

— La petite demoiselle ! sursauta Tomek.

— Oui. La veille du jour où Prestigom et Foulgom vous ont trouvé, nous avons recueilli cette petite dans la prairie, endormie comme vous.

Chaque année ou presque, aux beaux jours, nous ramenons ainsi des voyageurs imprudents. Et il nous faut ensuite…

— Mais où est-elle maintenant ? l'interrompit Tomek, le cœur battant. Est-ce qu'elle dort encore ?

— Oh non ! Avec elle nous avons eu beaucoup de chance. Dès le troisième jour nous avons trouvé les Mots qui Réveillent. C'était tout simplement : *il était une fois*. Vous vous rendez compte ! *Il était une fois !* Trop facile ! Elle était charmante, vraiment charmante, cette petite. Et gentille avec ça. La moitié des garçons du village sont tombés amoureux d'elle, et quand elle nous a quittés, plusieurs ont pleuré.

— Ah bon ? bafouilla Tomek en rougissant. Et elle… elle est partie dès son réveil ?

— Pas du tout. Elle est restée plus d'une semaine. Elle se plaisait bien ici.

— Mais… qu'est-ce qu'elle faisait ?

— Ce qu'elle faisait ? C'est bien simple : elle lisait pour vous. Elle y passait presque tout son temps.

— Ah oui, vraiment ? fit Tomek, tout attendri.

Il imaginait la jeune fille assise près de lui et lisant. Quel dommage qu'elle n'ait pas trouvé les Mots qui Réveillent ! À la place d'Atchigom, c'est elle qu'il aurait découverte à son chevet en ouvrant les yeux ! Ensuite ils auraient pu poursuivre ensemble le voyage ! Au lieu de cela il avait continué à dormir et elle s'était découragée. Où pouvait-elle bien être maintenant, après tout ce temps ?

— Vous connaissiez cette personne ? demanda Eztergom.

— Oui… non… enfin elle est entrée une fois dans mon épicerie, répondit Tomek, je tiens une épicerie dans mon village…

Ils finirent leur repas, puis le vieil homme conduisit Tomek à la bibliothèque.

— Voici, dit-il en indiquant sur sa gauche une centaine de livres rangés à part, voici tous les volumes que nous avons lus pour vous. Hannah en a lu une bonne dizaine à elle toute seule.

— Hannah ? fit Tomek, rêveur.

— Oui, Hannah. Cette petite s'appelait Hannah. Vous ne le saviez pas ?

— Non. Je ne le savais pas…

— Et voilà, continua Eztergom en indiquant sur sa droite les autres volumes de la bibliothèque, voilà ceux que nous aurions lus si vous ne vous étiez pas réveillé !

Tomek parcourut les étagères du regard. Il y avait là plus de dix mille livres !

— Mais, fit-il, est-il arrivé que vous ayez eu à le faire ? Je veux dire, à tout lire !

— Oui, une fois, répondit Eztergom, mais cela remonte à bien longtemps, j'étais encore un enfant. Nous avons lu pendant six ans, deux mois et quatre jours pour réveiller un brave type qui s'appelait Mortimer. Les Mots qui Réveillent étaient *pantoufle pantoufle* ! Deux fois de suite le même mot ! Essayez donc de trouver cela dans un livre !

— Mais alors, comment y êtes-vous arrivés ?

— Eh bien, en désespoir de cause nous avons envoyé Tzergom, qui était un garçon gentil mais un peu demeuré, hélas, et qui ne savait pas lire, bien sûr. Nous l'avons conduit dans la chambre et lui avons demandé de dire tout ce qui lui passait par la tête. Au bout de dix minutes Mortimer était réveillé !

Ils rirent ensemble de bon cœur. Les yeux d'Eztergom se plissaient joliment quand il riait. Cela faisait penser à Icham et Tomek en eut un pincement au cœur.

Puis Eztergom bâilla. Il était tard maintenant et il souhaitait sans doute dormir. Tomek, lui, n'avait pas sommeil du tout. Il demanda l'autorisation de rester dans la bibliothèque pour y passer le reste de la nuit. Eztergom la lui accorda volontiers et lui donna rendez-vous pour le lendemain.

— Je vous ferai visiter notre parfumerie pendant la matinée, dit-il en s'en allant, et la grande Fête du Réveil aura lieu l'après-midi comme le veut la coutume. Je vous souhaite une très bonne nuit.

— Bonne nuit à vous aussi, monsieur Eztergom, répondit Tomek.

Mais le vieil homme se retourna encore :

— Ô mon Dieu, j'allais oublier. La petite demoiselle a laissé une lettre pour vous. La voici. Elle a l'air longue. Cela occupera un peu de votre nuit…

CHAPITRE IX

HANNAH

Au beau milieu de la bibliothèque trônait un grand poêle encore tiède. Tomek y jeta quelques bûches, puis il s'installa confortablement à une petite table éclairée par une lampe à huile. L'enveloppe était épaisse, en effet, il l'ouvrit avec soin et en tira une dizaine de feuilles pliées en quatre. Le papier exhalait un léger parfum de violette. Ce sont les gens du village qui le lui ont donné, songea Tomek, et il commença sa lecture.

Cher épicier,

Pardonnez-moi de vous nommer comme cela mais j'ignore votre nom. Je sais seulement qu'il commence par un T, à cause de vos mouchoirs brodés. Moi, je m'appelle Hannah, je ne vous l'avais pas dit le jour du sucre d'orge. Ce matin j'ai lu pour vous dans le grand livre des Mille et Une Nuits *un passage où il est question de* cro-codiles. *Et vous avez bougé un peu il me semble. J'ai cru un instant avoir trouvé les Mots qui Réveillent, j'étais heureuse et j'ai tout essayé:* la tête *du crocodile,* les *dents du crocodile,* l'es-tomac *du crocodile... Mais cela n'a servi à rien. Vous dormez toujours. J'ai vu votre gourde dans l'armoire. Est-ce que comme moi vous cherchez l'eau de la rivière Qjar ? Ce serait bien agréable d'y aller ensemble. Je n'aime guère voyager toute seule car il y a beaucoup de dangers en route, je m'en suis aperçue. Et pourtant je dois continuer. Je ne peux pas attendre votre réveil. M. Eztergom m'a parlé d'une personne qui a dormi plus de six ans, alors... Je dois continuer parce qu'il me faut absolument un peu de cette eau. Quelques gouttes suffiraient, car c'est pour un oiseau. Un oiseau si petit qu'il tient dans la paume de la main. Je lui mettrai une seule goutte dans son bec et cela sera assez, je pense... Vous devez être bien surpris et c'est normal puisque vous ne connaissez pas mon histoire. La voici donc. Vous serez le premier à qui je la raconte.*

Mon père était déjà âgé quand je suis venue au monde et ma naissance l'a rendu fou de bon-heur. Il a eu encore quatre fils après moi, mais il s'en est à peine aperçu, je le crains. J'étais la prunelle de ses yeux, sa princesse, sa vie. Rien n'était trop beau pour moi. Il me fallait les étoffes les plus précieuses, les bijoux les plus rares. Ma mère lui en faisait le reproche, mais il ne l'écoutait pas. Nous habitions une ville du Nord dont le nom ne vous dira rien. À moins que vous ne vous intéressiez aux oiseaux, car c'est là que se tient une semaine par an au printemps le plus grand de tous les marchés aux oiseaux. On y trouve des espèces du monde entier et les gens y viennent de très loin. Mon père m'y conduisait chaque année en me tenant dans ses bras de peur de me perdre. Et chaque année il me posait la même question :

« Quel oiseau veux-tu, Hannah ? Lequel te ferait plaisir ? »

Je choisissais celui qui me plaisait le plus, à cause de sa couleur, ou de son chant, ou des deux à la fois, et mon père l'achetait sans jamais regarder au prix. Je le mettais dans ma grande cage avec les autres. Les oiseaux étaient mon plus grand plaisir. L'année de mes six ans, mon père m'a emmenée au marché comme d'habitude :

« Quel oiseau veux-tu, Hannah ? Lequel te ferait plaisir ? »

J'ai désigné une petite passerine aux couleurs magnifiques. Mais le marchand en demandait un prix considérable, et comme mon père s'en étonnait, il a dit que cette perruche était en réalité une princesse qui avait vécu il y a plus de mille ans et qu'un sortilège l'avait transformée en oiseau. Voilà pourquoi il ne la céderait pas pour un sou de moins.

N'importe qui dans cette situation aurait compris que cet homme était un escroc. Mais mon père a juste dit au marchand de réserver la passerine, qu'il reviendrait bientôt. En moins d'une semaine il a vendu tous ses biens : ses bêtes, sa maison, ses terres, ses meubles, jusqu'à ses draps. Malgré cela, il manquait encore presque la moitié de la somme demandée. Alors il a emprunté l'argent à un usurier. Nous sommes revenus auprès du marchand et nous avons acheté l'oiseau. Ma mère nous a quittés dès le lendemain en emmenant mes frères avec elle. Nous ne les avons jamais revus. Ils ont emporté avec eux tout ce qu'il y avait dans la maison, même les oiseaux. Ils n'ont laissé que la petite passerine. Nous nous sommes installés dans une cabane. Mon père s'est loué comme homme-cheval : il tirait les voitures à bras dans les rues de la ville. Ces rues sont très en pente et il s'est affaibli très vite, à cause de son âge. L'argent qu'il gagnait suffisait à peine à nous faire vivre. Il continuait pourtant à m'emmener chaque année au marché aux oiseaux et à poser la question de toujours : « Quel oiseau veux-tu, Hannah ? Lequel te ferait plaisir ? » Comme nous étions trop pauvres pour acheter même un moineau, je disais que je n'en voulais pas, que j'étais heureuse avec ma passerine. Il est mort d'épuisement au bout de trois ans. Mais je ne crois pas qu'il ait regretté une seule seconde ce qu'il avait fait. Il était fou, bien sûr, mais d'une folie très douce et très tranquille. Il était devenu fou de bonheur le jour de ma naissance et il l'était resté, voilà la vérité. Le reste ne comptait pas pour lui. J'ai été recueillie par des parents lointains qui ont été très bons avec moi et j'ai vécu chez eux jusqu'à aujourd'hui. De ma vie passée, il ne me reste plus rien, sauf la petite passerine. Je la regarde et j'entends mon père me demander : « Quel oiseau veux-tu, Hannah ? Lequel te ferait plaisir ? »

Et voici qu'un matin du mois dernier, en me levant, je l'ai trouvée en bas de son perchoir, grelottante de fièvre. Je l'ai réchauffée, caressée, grondée aussi parce qu'elle ne pouvait pas me laisser toute seule. Je n'avais jamais cru, bien sûr, ce que le marchand avait dit. Mais comme ma passerine ne changeait pas du tout au fil des années, j'avais fini par penser que cela durerait peut-être mille ans. Or, voilà que ses couleurs devenaient plus ternes, voilà qu'elle chantait moins souvent. Voilà qu'elle devenait... vieille.

Je ne veux pas que cet oiseau meure. Je ne veux pas ! Un jour un conteur est passé dans notre ville et je suis allée l'écouter sur la place. Il a parlé de la rivière Qjar qui coule à l'envers et dont l'eau empêche de mourir. Il a expliqué que cette rivière était peut-être inaccessible mais qu'elle existait vraiment, quelque part dans le Sud. Les gens prétendaient le contraire, parce que cela leur donnait une bonne excuse pour ne pas la chercher. Ils manquaient tout simplement de courage et voilà. Bref, il a dit exactement ce qu'il fallait pour me convaincre de partir !

J'ai quitté notre maison au tout début de l'été, une nuit. J'ai réveillé ma petite sœur qui a six ans (c'est la fille de mes parents adoptifs mais je l'appelle ma petite sœur parce que je l'aime bien). Je lui ai dit que je partais pour quelque temps, qu'elle prenne bien soin de ma passerine, qu'elle embrasse tout le monde de ma part, que je reviendrais bientôt. Puis j'ai pris quelques vêtements, mes économies, et je me suis enfuie par la fenêtre de ma chambre.

Avant d'entrer par hasard dans votre épicerie, j'ai eu bien des aventures incroyables. Je vous les raconterai peut-être un jour. Avez-vous aussi traversé cette horrible forêt aux ours ? En tout cas vous êtes passé comme moi dans la prairie et vous avez respiré ces fleurs qu'on appelle Voiles puisque vous êtes là à dormir tranquillement tandis que je vous écris. Que nous reste-t-il encore à vivre avant d'atteindre la rivière Qjar ? Quels périls nous guettent ? Tout cela pour mettre un jour, peut-être, une goutte d'eau dans le bec d'un oiseau… Qui peut comprendre cela ? Vous ?

Dieu sait où je serai quand vous lirez cette lettre. Je la remets à M. Eztergom car je crains que quelqu'un ne la prenne si je la laisse sur votre table de nuit. Je n'aurais sans doute pas dû vous livrer mon secret, je vous connais si peu. Et pourtant je ne le regrette pas. J'ai confiance en vous et je repartirai le cœur plus léger demain matin. On se reverra peut-être, et cette fois vous serez plus bavard, j'espère !

Hannah.

Post-scriptum : Qu'avez-vous donc dans ce petit sac autour de votre cou ?

Tomek, entre le rire et les larmes, sortit la pièce de sa pochette et la serra dans sa main.

— C'est une pièce d'un sou, répondit-il, je te la rendrai bientôt.

CHAPITRE X

PÉPIGOM

Le jour s'était à peine levé qu'Eztergom vint chercher Tomek.

— J'ai pensé que vous ne dormiez pas, c'est pourquoi je suis venu si tôt.

Ils prirent d'abord un copieux petit déjeuner puis se rendirent à la parfumerie. Tomek n'aurait jamais imaginé qu'elle fût aussi grande. Elle employait au moins trois cents personnes, presque toute la population du village, et se composait de plusieurs bâtiments. Dans le premier, on stockait les fleurs séchées que les cueilleurs avaient récoltées l'été précédent. Elles avaient conservé tout leur éclat et c'était un émerveillement de marcher entre les cuves multicolores. Dans un autre bâtiment, on broyait, on pilait, on écrasait. Chacun mettait beaucoup de cœur à l'ouvrage, semblait-il, et on chantait pour se donner plus d'entrain encore. Le troisième bâtiment était consacré à la distillation. Les ouvriers et les ouvrières y portaient des tabliers blancs de chimistes.

— Et maintenant, annonça enfin Eztergom avec fierté, je vous invite à pénétrer là où peu de personnes ont accès. C'est notre laboratoire secret. On y fabrique des parfums uniques au monde. Entrez, je vous prie.

Ils furent accueillis par une toute jeune fille rondelette et souriante, dont le nez et les joues étaient constellés de taches de rousseur. Eztergom la présenta en ces termes :

— Monsieur Tomek, vous avez devant vous Mlle Pépigom. Malgré sa jeunesse, elle est une des sommités de cette parfumerie, car de nous tous elle possède le meilleur nez. C'est une qualité qui s'altère avec l'âge et il est rare qu'on puisse exercer cette fonction au-delà de quarante ans. Mais Pépigom est particulièrement jeune et brillante. Quel âge avez-vous, mademoiselle ?

— J'ai quatorze ans et trois mois, répondit la jeune fille avec assurance.

Il sembla à Tomek que quatorze ans, ce n'était pas si jeune que cela, mais puisque Eztergom le disait…

— Mademoiselle Pépigom, reprit le vieillard, vous serait-il possible de révéler à notre ami quelques-unes des dernières trouvailles de votre équipe ?

— Avec plaisir, monsieur Eztergom, je suis très honorée.

— Alors je vous le confie. Et je vous laisse car je dois aller préparer mon discours pour la grande fête de cet après-midi.

Pépigom entraîna Tomek dans une pièce voisine où des centaines de flacons de verre étaient alignées sur des étagères. Elle en saisit un et retira le bouchon :

— Respirez, monsieur Tomek, et dites-moi ce que cela sent.

Tomek identifia un agréable parfum de citron.

— Parfaitement. Et celui-ci ?

Tomek dut s'y reprendre à deux fois pour reconnaître l'odeur de la mousse dans les sous-bois.

— Très bien, monsieur Tomek. Vous avez un nez remarquable. Mais sachez qu'à force de recherches, de tâtonnements et de mélanges divers, nous parvenons à obtenir des parfums très particuliers, très subtils. Voyons si vous saurez les reconnaître.

Malgré ses quatorze ans, Pépigom arrivait à peine à l'épaule de Tomek. Elle sentait bon la verveine fraîche et, comme tous ceux du village, elle rayonnait de rondeur et de gentillesse. Tomek respira profondément le flacon qu'elle lui tendait, mais cette fois cela ne lui disait rien, vraiment rien. Il eut même l'impression que ce flacon-là ne sentait rien du tout. Au lieu de se concentrer, il se laissa distraire et se mit à rêvasser. Il se revit au bord d'un étang. C'était autrefois, du temps de ses parents. Ils avaient mangé là, mais la pluie les avait chassés. Pourquoi repensait-il à cela maintenant ?

— Alors ? interrogea Pépigom, souriante.

— Je ne sais pas, avoua Tomek en essayant de s'arracher à sa rêverie. Je ne sens… rien.

— Vraiment ? Et vous pensiez peut-être à tout autre chose au lieu d'y réfléchir ?

— Oui, c'est exactement cela ! reconnut Tomek, surpris. Je vous prie de m'excuser.

— Et pouvez-vous me dire à quoi vous pensiez justement ? Est-ce que ce n'était pas à un étang ? Et à des gouttes de pluie ?

Tomek, interloqué, fut incapable de répondre. Est-ce que cette jeune fille savait lire dans ses pensées ?

Pépigom éclata de rire en le voyant aussi abasourdi.

— Ce parfum s'appelle : *Premières gouttes de pluie sur l'étang.*

— Ah bon, fit seulement Tomek. Ce… c'est… étonnant. Vraiment.

— Essayez donc celui-ci et dites-moi, proposa Pépigom en lui tendant un autre flacon.

Il ne fallut pas plus de quelques secondes à Tomek pour trouver, mais c'était si bête qu'il hésitait à le dire :

— Un… une colline… des musiciens… beaucoup de monde… des chants…

— Bravo ! s'exclama Pépigom. Mais quelque chose vous échappe encore. Sentez mieux.

Tomek renifla plusieurs fois et la musique s'accéléra en un rythme endiablé, on dansait de tous côtés, on lançait des vivats. Oui, c'était cela : un mariage ! Et les mariés, assis sur un banc au milieu de leurs amis, c'étaient eux, Tomek et Pépigom, se tenant par le bras et s'embrassant sous une pluie de pétales de fleurs !

— Un… mariage ? bredouilla Tomek en rougissant.

— Bravo encore ! Décidément, vous allez bientôt prendre ma place ! Ce parfum s'appelle *Mariage sur la colline.* Voulez-vous continuer ?

— Volontiers, répondit Tomek qui commençait à trouver ce jeu fascinant.

Il respira donc successivement les parfums que voici : *Naissance d'un agneau dans la paille fraîche. Départ en voyage à l'aube. Lecture d'une lettre écrite par une personne aimée. Fabrication d'une pyramide de bâtonnets sur la table de la cuisine alors qu'il neige dehors...* Et bien d'autres encore...

— Mais dites-moi, demanda-t-il enfin, vous ne fabriquez que des odeurs agréables ?

— Oh oui, bien sûr, répondit Pépigom. La vie est trop courte, monsieur Tomek, pour qu'on la gaspille à de mauvaises choses.

— Bien sûr, approuva le garçon, et il était tout à fait de cet avis.

À midi, il déjeuna en compagnie d'Eztergom.

Cette fois-ci il y eut des beignets tout aussi appétissants que les crêpes. Pas étonnant que les petits parfumeurs soient si ronds, se dit Tomek, ils ne mangent que des bonnes choses.

Une fois qu'ils eurent avalé leur dessert, de délicieuses tartes à la myrtille, ils sortirent et là, Tomek crut rêver. Au moment précis où il apparaissait en haut de l'escalier de la cantine, un seul cri jaillit de la gorge des centaines de villageois rassemblés sur la place :

— Hourra !

Et une musique follement gaie éclata aussitôt après. Les petits joueurs de trompette soufflaient à s'en faire éclater les joues et les tambourinaires se déchaînaient. Un véritable carrosse attendait au bas de l'escalier, tiré par quatre poneys blancs en apparat avec leurs plumes et leurs pompons. Le

toit du carrosse représentait un immense crocodile, et, « sous le ventre du crocodile », se tenait
assis le jeune Atchigom en tenue de fête. On lui
avait mis sur les épaules une tunique dorée et sur
la tête un haut-de-forme qui lui donnait fière
allure. Tomek prit place à ses côtés et le carrosse
démarra. On traversa les rues du village sous les
bravos et les clameurs.

Je ne mérite pas tout cela, pensait Tomek.
Mais après tout, les gens avaient l'air si heureux
de le fêter qu'il aurait eu mauvaise grâce à le
refuser. À côté de lui, Atchigom s'en donnait à
cœur joie. Il puisait à pleines mains dans un seau
de confettis qu'il jetait en riant sur les spectateurs. Ils arrivèrent bientôt à l'Hôtel de Ville, où
Eztergom les attendait sur le perron. Quand le
carrosse fut à l'arrêt, le vieil homme leva les bras
pour obtenir le silence et il prononça le discours
suivant :

Chers amis,

*Nous voici réunis une fois de plus pour
célébrer la grande Fête du Réveil. Je devrais
y être habitué car ce n'est pas la première,
mais l'émotion me gagne à chaque fois.
Auprès de nous M. Tomek a repris vie, auprès de nous il a connu sa seconde naissance. Qu'il soit donc désormais, comme*

tous ceux et toutes celles qui l'ont précédé, notre enfant. Je n'en dirai pas plus car je n'aime pas les longs discours, et vous non plus. Longue vie à M. Tomek ! Longue vie à Atchigom qui l'a réveillé ! Et longue vie à vous tous, mes amis !

Là-dessus il tira de sa poche un grand mouchoir et se moucha bruyamment. Beaucoup de spectateurs en firent autant. Les femmes pleuraient presque toutes. Les hommes reniflaient. Seuls les enfants criaient joyeusement « longue vie ! » parce que pour eux tout cela n'était qu'un simple jeu. Pour clore la cérémonie, Eztergom remit à Tomek une médaille sur laquelle était gravé :

À MONSIEUR TOMEK,
DE LA PART DES PARFUMEURS

Il lui fallut dire un mot aussi, bien sûr, mais il était si ému qu'il ne put que bredouiller :

— Je… je vous remercie tous… je… je vous remercie du fond du cœur.

Et les applaudissements éclatèrent pour le tirer de son embarras.

L'après-midi se passa dans la plus grande liesse. À tous les coins de rue on se livrait à des jeux d'adresse ou de force : ici on soulevait des souches de bois, là on faisait tomber des pantins avec des balles de chiffon. Plus loin on faisait la course en sac ou bien on courait avec une cuillère de bois dans la bouche et un œuf dedans. Et partout ce n'était que rire et bonne humeur.

Le soir, après un banquet à la cantine, il y eut un bal et le cidre coula à flots. Tomek dut danser jusqu'à épuisement avec toutes les filles du village. Dès qu'il en lâchait une à la fin de la danse, une autre bondissait dans ses bras. Et Pépigom était loin d'être la dernière… Vers minuit, il put enfin regagner sa chambre et il se laissa tomber tout habillé sur le lit car la tête lui tournait un peu. Mon Dieu, songea-t-il encore avant de s'endormir, quel étrange voyage je suis en train de faire ! Et comment pourrai-je raconter tout cela quand je serai de retour ?

CHAPITRE XI

LA NEIGE

Quand Tomek ouvrit les yeux le lendemain, la matinée était déjà bien avancée et des flocons voltigeaient à la fenêtre. Il se leva aussitôt et vit qu'une épaisse couche de neige avait recouvert le village pendant la nuit. Voilà bien ma chance, se dit-il. Comment vais-je pouvoir partir avec cela ?

En effet, il avait imaginé la veille qu'il quitterait ses nouveaux amis au plus tôt, car il avait suffisamment perdu de temps. Tandis qu'il dormait paisiblement, Hannah avait continué le voyage. Où était-elle maintenant ?

Il enfila un manteau qu'on avait déposé pour lui sur le dossier de la chaise, et sur le palier de sa porte il trouva même des bottes fourrées juste à sa taille. Il marcha dans la neige profonde jusqu'à la cantine dans l'espoir d'y trouver quelqu'un, mais il n'y avait personne à cette heure. Tout le monde devait être déjà au travail. Il se rendit donc à la bibliothèque et fut heureux d'y retrouver le vieil Eztergom occupé à lire.

— Bonjour, monsieur Eztergom, fit-il, j'aurais aimé partir dès aujourd'hui, mais avec toute cette neige…

Eztergom lui adressa un bon sourire et l'invita à s'asseoir auprès de lui :

— Mon jeune ami, j'ai bien peur que vous ne soyez obligé de rester parmi nous quelque temps. L'hiver ici est long et rude. Cette neige ne fondra plus et il en tombera même encore beaucoup. Notre village va se recroqueviller. Personne ne peut plus désormais y entrer ni en sortir. Et ce sera ainsi jusqu'au retour des beaux jours. Mais n'ayez crainte, nous savons nous distraire et garder notre bonne humeur. Le temps passera très vite, vous verrez.

— Mais, demanda Tomek, la voix tremblante, combien de temps dure votre hiver ? Quand pourrai-je repartir ?

— Le printemps sera là dans quatre mois environ, et il est magnifique chez nous, vous le constaterez.

Tomek dut faire un gros effort pour ne pas éclater en sanglots. Quatre mois ! Quatre mois à se morfondre ici ! Jamais il n'arriverait à attendre aussi longtemps. Il mourrait d'ennui et d'impatience avant ! Comme il ne parvenait pas à cacher son désespoir, il décida d'en confier les véritables raisons à Eztergom. Sinon le vieil homme aurait pu penser qu'il ne se sentait pas bien au village. Et c'était trop injuste. Alors il lui raconta tout. Eztergom l'écouta attentivement, puis il lui mit la main sur l'épaule :

— Mon jeune ami, je comprends maintenant votre impatience. Mais ne perdez pas courage. Peut-être serez-vous bien triste de partir quand le jour sera venu.

— Sans doute, sans doute, répondit Tomek en essayant de sourire, mais ses yeux étaient pleins de larmes.

— Quant à cette rivière Qjar, continua le vieil homme, je peux vous dire qu'elle existe bel et bien, si cela peut vous réconforter un peu. Et elle prend en effet sa source dans l'océan, seulement…

— Seulement ? interrogea Tomek.

— Seulement… ce n'est pas de ce côté-ci de l'océan…

— Comment ? Vous voulez dire qu'il faut d'abord traverser l'océan pour la trouver ?

— Hélas oui, confirma Eztergom, mais je vous en parlerai davantage une autre fois…

Malgré les efforts de tous pour l'égayer, et malgré ses propres efforts pour faire bonne figure, Tomek se montra morose dans les jours qui suivirent. Il passa le plus clair de son temps à la bibliothèque ou dans sa chambre, à ruminer de sombres pensées. Puis, comme l'avait prédit Eztergom, la neige retomba en abondance et bientôt on ne circula plus que dans un dédale de couloirs creusés à la pelle entre les maisons. Le village était devenu un immense labyrinthe blanc, où les enfants jouaient à glisser sur le dos et à vous surprendre à chaque coin de rue. Alors Tomek accepta enfin l'idée que c'était ainsi et pas autrement, qu'il faudrait patienter. Et puis il ne servait à rien d'être triste. La tristesse est impolie, se dit-il, et il prit la résolution de penser davantage aux autres et un peu moins à lui-même.

La plupart des villageois prenaient leurs repas à la cantine, car ils n'aimaient guère rester seuls chez eux. Souvent le soir, après dîner, on jouait aux cartes, aux petits chevaux, on faisait de la musique ou bien on improvisait des spectacles de théâtre. Tomek se rendit vite compte que les Parfumeurs étaient de drôles de pitres, qu'ils adoraient jouer la comédie, chanter et surtout boire du cidre. Il retrouva peu à peu sa gaieté.

Pendant la journée, il se promenait dans la parfumerie et rendait visite à Pépigom qui bondissait de joie à chaque fois :

— Oh, monsieur Tomek ! Comme c'est gentil de venir nous voir !

Souvent, elle lui faisait respirer un nouveau parfum, ou bien l'interrogeait en cas de doute.

— Est-ce que vous trouvez que cela sent comme quand on regarde une fourmilière à plusieurs, ou bien comme quand on regarde une fourmilière tout seul ?

Tomek donnait son avis. Ils s'amusaient beaucoup car il en fallait très peu à Pépigom pour éclater de rire.

Trois mois s'étaient écoulés lorsqu'un après-midi on fit savoir à Tomek qu'il devait se rendre à la bibliothèque, où Eztergom l'attendait. Effectivement, le vieil homme s'y trouvait en compagnie d'un gaillard barbu presque aussi grand que Tomek, ce qui pour une personne du village représentait une fort belle taille.

— Mon cher Tomek, je vous présente Bastibalagom. C'est notre capitaine de navigation. J'ai longtemps hésité avant de vous inviter à cette petite réunion, mais je crois qu'il le fallait. Vous êtes un garçon déterminé, votre long et périlleux voyage jusqu'à nous le démontre. Il serait sans

doute vain de vouloir vous dissuader de poursuivre votre route, n'est-ce pas ?

— En effet, dit Tomek. J'ai bien l'intention
de continuer.

— Je m'en doutais. C'est pourquoi, ne pou-
vant vous retenir, j'ai pris la décision de vous
aider. Si vous le voulez bien, vous embarquerez
donc au printemps avec notre équipage. Mais je
souhaite que vous connaissiez auparavant les
risques que cela comporte. C'est la raison pour
laquelle j'ai fait venir ici notre brave capitaine qui
saura mieux vous les exposer que moi-même.
Bastibalagom, c'est à vous.

L'homme à la barbe rousse se racla la gorge
à plusieurs reprises, puis il parla ainsi :

— Mon jeune ami, vous savez sans doute
déjà que nos parfums sont uniques au monde. Ils
constituent d'ailleurs notre seule richesse et il est
donc vital pour nous de les vendre. Seulement,
nos meilleurs clients se trouvent de l'autre côté de
l'océan. Aussi, une fois l'an, au printemps, nous
entreprenons la traversée. Il faut beaucoup de
courage car on n'est jamais sûr de réussir. Voyez
plutôt ce registre…

Et il ouvrit un grand cahier à la couverture de
cuir très ancienne qu'il poussa sous les yeux de
Tomek. Un superbe trois-mâts était dessiné sur la

page de droite, on distinguait même les matelots sur le pont.

— Regardez, sur la page de gauche figurent l'année et le nom du bateau. Celui-ci, *Espérance*, a réussi trois fois la traversée, avant de disparaître corps et biens.

Bastibalagom tourna la page.

— Celui-là, *Douce*, a réussi deux fois seulement. Voici *Vigilante* qui, sous les ordres de son capitaine Tolgom, a accompli huit fois l'aller et le retour, ce qui reste un exploit encore inégalé. Et voilà *Perle*, qui n'est jamais revenu de son tout premier voyage…

Eztergom se moucha bruyamment et Bastibalagom se tut pendant quelques secondes. La liste des années et des bateaux continuait sur les pages suivantes et emplissait le cahier entier.

— Et qui sont ces gens-là ? demanda Tomek en désignant les noms écrits sur les pages de gauche.

— Ce sont les noms des capitaines et des matelots. Nous ne les oublions pas.

Il y eut encore un silence. Puis Tomek posa la question qui le turlupinait depuis un moment :

— Et ce A, que signifie-t-il ? On le retrouve bien souvent…

Les deux hommes se consultèrent du regard. Ils étaient visiblement embarrassés.

— Eh bien, commença Bastibalagom, ce A signifie arc-en-ciel.

— Arc-en-ciel ? répéta Tomek.

— Oui, cela veut dire que ces bateaux ont disparu après être passés sous un arc-en-ciel magnifique. On ne sait pas ce qu'ils sont devenus ensuite.

— Mais, demanda Tomek, comment peut-on savoir qu'ils sont passés là si personne n'en est revenu ?

— Si, il est arrivé que des matelots terrorisés à la vue de l'arc-en-ciel se mettent à l'eau dans des chaloupes et partent à la dérive. La plupart ont péri, dévorés par les requins sans doute, mais quelques-uns ont réussi à regagner la côte. Ou bien ils ont été recueillis par d'autres bateaux. Et tous ont fait exactement le même récit : ils ont vu leur bateau se diriger tout droit vers l'arc-en-ciel, sans pouvoir changer de cap, puis s'éloigner et disparaître à jamais… Voilà, désormais vous en savez autant que nous et, le moment venu, vous choisirez en connaissance de cause de partir ou de rester.

— Eh bien, dit Tomek, je vais… y réfléchir.

— Au fait ! ajouta Bastibalagom en se levant, je ne vous ai pas parlé des tempêtes, des requins et des pirates que nous devons affronter aussi parfois, mais ce sont là des périls bien moins redoutables…

Là-dessus il serra la main de Tomek, celle d'Eztergom et s'en alla.

Le mois précédant le départ du bateau passa à une allure folle. Tomek savait qu'il s'en irait et il avait à cœur de profiter encore de tout le monde. Un soir, à la cantine, il se confia à Pépigom et elle eut l'air bien malheureuse.

— J'aurais aimé que vous restiez au village, dit-elle en picotant tristement sa crêpe au lard de la pointe de sa fourchette. Nous aurions pu devenir… bons amis.

Bons amis, ils l'étaient déjà depuis longtemps, songea Tomek. Elle voulait dire autre chose, c'était facile à comprendre.

— J'aimerais bien moi aussi, répondit-il en rougissant, mais c'est que… c'est que je suis déjà fiancé.

— Ah, vraiment ? Avec une autre fille du village, peut-être ?

— Oh non, pas du tout. Avec une fille de chez moi.

— Alors c'est peut-être cette Hannah qui a dormi chez nous ?

Pépigom n'avait pas seulement un bon nez, elle avait aussi beaucoup d'intuition.

113

— Oui, voilà, c'est elle… répondit Tomek, troublé.

— Alors je vous félicite car elle est bien jolie, dit Pépigom en essayant de sourire.

Mais le cœur n'y était pas.

Si Tomek avait osé, il l'aurait prise dans ses bras pour la consoler, malheureusement il y avait encore beaucoup de monde aux tables voisines et il ne le pouvait pas.

— Mais je t'aime beaucoup aussi, Pépigom. Tu es la fille la plus gentille que je connaisse…

Il s'aperçut qu'il l'avait tutoyée. Cela les fit rire. À cet instant, les musiciens attaquèrent un air entraînant et tous les deux se levèrent pour danser.

Quelques jours plus tard, ce fut le redoux. La neige fondit aussi vite qu'elle était tombée et bientôt la prairie se recouvrit de fleurs en boutons. On commença à faire des allers et retours à l'océan pour préparer *Vaillante*. Tel était le nom du bateau qui attendait au fond d'une petite crique. On y embarqua surtout des provisions de bouche et des vêtements, mais aussi des jeux de société car la traversée pouvait durer plus d'un mois. Les caisses de parfum furent soigneusement transportées dans la cale. Le jour du départ, toute la population marcha jusqu'à l'océan pour accompagner l'équipage. Bastibalagom et ses quatorze matelots s'embarquèrent après avoir embrassé les leurs. Quand ils furent tous sur le pont, Eztergom, juché sur une pierre, tira de sa poche un papier sur lequel il avait semble-t-il écrit un long discours. Il ajusta ses lunettes et voulut commencer. Mais l'émotion fut la plus forte et il ne parvint pas à parler. Si bien qu'au bout d'un moment il se contenta de crier : « Bon voyage, mes amis ! » et il replia son papier. Tout le monde reprit : « Bon voyage ! » en agitant des mouchoirs blancs. Pépigom remit à Tomek un petit flacon de parfum.

— Je l'ai préparé pour toi. Mais, s'il te plaît, ne l'ouvre pas avant d'être parti.

Cette fois-ci, et malgré la foule qui les entourait, Tomek la prit dans ses bras et il serra le petit corps tout rond contre lui.

— Merci, Pépigom. N'aie crainte, je reviendrai.

Et il courut s'embarquer. La mer était haute maintenant et les matelots hissèrent les voiles blanches. *Vaillante* prit aussitôt le vent et fonça droit vers la haute mer, tandis qu'à l'ouest le soleil baissait à l'horizon et jetait sur l'eau ses derniers rayons flamboyants.

CHAPITRE XII

BASTIBAL

Tomek disposait d'une petite cabine pour lui tout seul. À peine installé, il sortit de sa poche le flacon que lui avait donné Pépigom, en ôta le bouchon et sentit. Le parfum qui s'exhala n'était pas celui d'Hannah puisqu'elle n'en mettait pas. Et pourtant, véritable prodige, il suffisait de le respirer pour qu'elle soit là, dans toute sa personne. Comment Pépigom avait-elle pu obtenir pareille merveille ? Tomek porta à nouveau le flacon à ses narines, et là, il revit les musiciens et les danseurs de la fête sur la colline. Mais, cette fois, assise sur le banc à son côté, au milieu de leurs amis et sous la pluie de pétales de fleurs, ce n'était plus Pépigom mais Hannah elle-même, radieuse, qui l'embrassait… Merci, Pépigom ! se dit Tomek pour lui-même. Tu es une bonne personne…

Dans les jours qui suivirent, le temps resta beau et l'océan tranquille. Le vent gonflait les voiles et *Vaillante* filait à bonne allure. Comme la navigation était facile, les matelots en profitèrent pour enseigner quelques manœuvres à Tomek. Il prit un plaisir particulier à grimper sur le mât de misaine d'où il pouvait admirer l'immensité bleue. Tout était si calme et si rassurant qu'on avait peine à imaginer le moindre danger. Il eut même le droit de tenir la barre en compagnie de Bastibalagom et c'était chaque fois l'occasion de bavarder avec lui.

— Comment êtes-vous devenu capitaine, monsieur Bastibalagom ? lui demanda-t-il un jour.

— Oh, c'est une longue histoire ! Je ne viens pas du village des Parfumeurs. Je suis comme toi. Je viens d'ailleurs.

Tomek tomba des nues.

— Ah bon, vraiment ? Je ne savais pas…

— Je viens de l'autre côté de l'océan. Mon vrai nom est Bastibal. Mais quand j'ai décidé de vivre le restant de ma vie au village des Parfumeurs, il y a plus de trente ans maintenant, j'ai changé mon nom pour Bastibalagom. J'ai trouvé que ça sonnait bien, qu'en penses-tu ?

— Oh oui, tout à fait ! Bastibalagom, c'est très joli.

— N'est-ce pas ? Bastibal, lui, n'existe plus et ça vaut mieux, d'ailleurs…

Tomek eut peur d'être indiscret en demandant pourquoi cela valait mieux. Le vieux capitaine le devina sans doute.

— Tu aimerais entendre mon histoire, peut-être ? Je veux bien te la raconter, si ça t'intéresse. Nous avons tout le temps et la mer est calme.

Tomek accepta volontiers et Bastibalagom commença ainsi :

— Vois-tu, Tomek, tu m'as l'air d'un gentil garçon, alors que moi, à ton âge, j'étais un garnement. De la mauvaise graine, c'est ce qu'on dit. Il ne se passait pas une journée sans que j'entende : « Bastibal, si tu as beaucoup de chance tu finiras en prison, si tu en as un peu moins ce sera au bout d'une corde ! » Pourquoi est-ce que j'étais ainsi ? Je ne sais pas. C'était « dans la peau », comme ils disaient. Un jour, mon père m'a conduit à un marchand de tissus : « Bastibal, m'a-t-il dit, cet homme est mon meilleur ami et il accepte de t'employer comme apprenti. Il sait que tu as fait des bêtises, mais veut bien fermer les yeux. C'est pour toi une grande chance, tu t'en rends compte ? » Et, alors qu'on arrivait à la porte de la boutique, il a pris mes mains dans les siennes, m'a regardé droit dans les yeux et il m'a dit : « Je sais tout ce qu'on raconte sur toi, mais ça m'est égal. Tu es mon fils, Bastibal, tu le seras toujours, et je te fais confiance. »

Quelques jours plus tard, le marchand de tissus m'a répété presque la même chose avec les mêmes mots : « Je me fiche bien de ce qu'on peut dire de toi, Bastibal, tu es un bon garçon et je te fais confiance. » J'avais peut-être seulement besoin qu'on me parle comme ça. Toujours est-il que j'ai changé du jour au lendemain. On ne pouvait pas trouver un apprenti plus travailleur et plus scrupuleux que moi. Au bout de deux semaines à peine, le marchand me confiait la clef de la caisse. Alors que crois-tu que j'aie fait, Tomek ?

Tomek ne sachant que répondre, Bastibalagom hocha longuement la tête, puis il dit :

— Eh bien, je suis parti avec.

— Avec… la clef ? demanda naïvement Tomek.

Bastibalagom éclata de rire.

— Mais non, avec la caisse ! Avec la caisse… Que veux-tu, c'est comme si on disait à une poule : je te fais confiance, poule, cesse de pondre des œufs ! La poule dit d'accord, elle se retient un jour ou deux et puis, quand elle en a assez, que fait-elle, la poule, Tomek ?

— Elle pond un œuf ?

— Eh oui, elle pond un œuf. Et moi, je suis parti avec la caisse. J'ai marché dans la campagne pendant des jours et des jours. La nuit, je dormais dans des granges ou dans des étables avec les animaux. Mais, ce qui me faisait le plus souffrir, c'était la honte, bien sûr. La caisse était lourde, j'ai fini par la jeter dans un ravin. J'ai marché ensuite jusqu'à l'océan. Il y avait là deux barques de pêche, j'en ai volé une et je me suis mis à l'eau… Tu me demandais comment je suis devenu capitaine, Tomek. Eh bien, je le suis devenu à cet instant-là sans doute. Mais un drôle de capitaine qui, une fois au large, s'est mis à pleurer et à appeler sa mère. Il n'y avait pas plus seul au monde que moi, au milieu de l'océan, dans cette barque que je ne dirigeais même plus. Je n'avais rien à manger ni à boire. La nuit est venue et j'étais frigorifié. Je me suis dit : je vais sauter à l'eau et comme ça tout sera fini ! Tu sais pourquoi je ne l'ai pas fait ?

— Parce que vous espériez encore être sauvé ? hasarda Tomek.

— Pas du tout. Si je n'ai pas sauté à l'eau pour me tuer, c'est parce que je ne savais pas nager ! C'est ridicule, non ?

Et Bastibalagom éclata de rire une deuxième fois.

— Et comment cela a-t-il fini ? demanda Tomek.

— Eh bien, à l'aube, je me suis réveillé dans les bras de petits bonshommes qui me hissaient sur leur bateau à voiles. Ils m'ont enveloppé dans des couvertures, m'ont fait boire du lait chaud, et m'ont donné des crêpes au lard. Tu auras compris que c'étaient les petits Parfumeurs qui revenaient chez eux. Leur voilier s'appelait *Vigilante*, et leur capitaine était un certain Tolgom. Je me rappelle que les cales étaient pleines à craquer d'étoffes et de céréales qu'on leur avait données en échange des caisses de parfum. Ils étaient heureux et de bonne humeur, comme toujours d'ailleurs. Ils ne m'ont pas posé de questions. Ils m'ont simplement soigné du mieux qu'ils le pouvaient. Voilà, Tomek, comment je suis arrivé chez eux, et comment je leur dois la vie. Depuis, j'essaie de les remercier…

— Et c'est pour ça que vous êtes devenu capitaine ? Parce que c'est dangereux ?

— Tu as tout compris. C'est même tellement dangereux que les jeunes matelots qui font la traversée ont l'obligation d'être célibataires et sans enfants.

— Vraiment ? murmura Tomek, effrayé. Et… il y a tout de même des volontaires ?

— Des volontaires ? À la pelle ! s'exclama Bastibalagom. Les Parfumeurs ont l'air d'enfants avec leurs bouilles rondes et leur petite taille, mais ils sont incroyablement courageux et tous sont prêts à se sacrifier pour leur communauté.

Une question toutefois préoccupait encore Tomek.

— Puisque vous avez retraversé si souvent l'océan, monsieur Bastibalagom, êtes-vous revenu chez vous ? Avez-vous revu vos parents ?

— Je ne sais pas si je dois te répondre oui ou non, sourit tristement le capitaine. Il y a trois ans, nous sommes allés vendre nos parfums dans la petite ville d'où je viens. Elle est dominée par une colline. J'y suis resté plusieurs jours sans trouver le courage de descendre. Imagine un peu, je n'y étais pas revenu depuis presque trente ans. Un soir, un vieil homme s'est avancé sur le chemin. J'ai eu un pressentiment et je me suis caché dans un arbre. C'était bien mon père. Il était très vieux maintenant, mais je l'ai reconnu tout de même. Il s'est arrêté un instant sous l'arbre pour contempler notre ville. Il avait l'air triste et pensif. Moi, j'étais assis sur une branche, à deux mètres seulement au-dessus de sa tête. Il ne me voyait pas. Un instant, j'ai pensé sauter et lui dire : bonjour, papa, c'est moi... Mais j'avais quarante ans, et à quarante ans on ne saute pas d'un arbre en disant : bonjour, papa, c'est moi... Alors je lui ai juste demandé en silence de me pardonner pour tout le chagrin que je leur avais sans doute causé, à ma mère et à lui. Au bout de quelques minutes, il a repris son chemin à pas lents. Moi, dans mon arbre, je le regardais s'éloigner et j'étais à nouveau Bastibal, le petit enfant d'autrefois, j'ai même pleuré un peu, je peux bien te le dire, je n'en ai pas honte. Ensuite, quelques-uns de mes hommes sont repassés là, et j'ai sauté de ma branche. Je suis redevenu le capitaine Bastibalagom, il le fallait bien. Voilà, la vie est comme ça, mon petit Tomek...

Là-dessus une vague un peu plus forte vint se briser contre le voilier et les trempa tous les deux, ce qui mit fin à leur conversation.

C'est le lendemain de ce jour, vers neuf heures du matin, qu'un jeune mousse vint taper trois petits coups à la porte de la cabine de Tomek.

— Tout le monde sur le pont, ordre du capitaine !

Tomek enfila ses chaussures et sortit aussitôt. L'équipage entier était déjà rassemblé, on avait alerté Tomek en dernier, sans doute parce qu'il n'était qu'un passager. Les matelots se tenaient debout, aussi immobiles que des statues de pierre.

Aucun d'eux ne parlait. Droit devant le bateau, un arc-en-ciel somptueux décrivait dans l'azur une arche parfaite et irisée.

Tomek s'avança comme un somnambule, incapable de dire un seul mot. Bastibalagom, qui était à la barre, se tourna alors vers ses hommes et prit la parole :

— Messieurs, notre bateau ne répond plus à aucune commande. Toute manœuvre est inutile et nous nous dirigeons droit vers l'arc-en-ciel. *Vaillante* a bien lutté, mais est désormais comme aspiré par une force irrésistible. Je ne sais pas ce qu'il y a de l'autre côté. Je sais seulement que personne n'en est jamais revenu. Aussi je libère à cet instant même chacun de vous de toutes ses obligations. Vous avez le droit d'utiliser les chaloupes et de fuir. Je vous mets cependant en garde contre les requins qui infestent cette région de l'océan. Vous pouvez aussi choisir de rester à bord. Quoi que vous fassiez, je tiens à louer votre grand courage, en mon nom propre et en celui du village des Parfumeurs. Quant à moi, je reste bien entendu sur *Vaillante*. Pour finir, je recommande à ceux qui désirent se mettre à l'eau de le faire rapidement, car il me semble que nous prenons de la vitesse. Messieurs, je vous remercie de votre attention.

Dans un premier temps, les matelots ne bougèrent pas d'un pouce. Puis, lentement, ils se rapprochèrent les uns des autres et se prirent tous par les épaules, sans cesser de regarder devant eux. Comme Tomek hésitait encore, l'un d'eux l'invita à les rejoindre. Bastibalagom vint s'ajouter lui-même à leur groupe, et c'est ainsi, bien serrés les uns contre les autres, qu'ils s'engagèrent sous la voûte étincelante de l'arc-en-ciel.

CHAPITRE XIII

L'ÎLE INEXISTANTE

On ne pouvait imaginer un spectacle plus féerique. Les couleurs de l'arc-en-ciel se mêlaient aux embruns et cela faisait une poussière de gouttelettes multicolores qui vous rafraîchissaient le visage puis qui éclataient ensuite en notes cristallines, comme celles que produisent les harpes. Si c'est la fin, pensa Tomek en entendant cette musique céleste, eh bien, on pourra dire que nous sommes morts en beauté... Il se rendit compte que plusieurs des matelots avaient oublié leur peur et qu'ils souriaient. Bien qu'il n'y eût plus un souffle de vent, *Vaillante* fendait les flots et bientôt il fallut se retourner pour voir l'arc-en-ciel. Il commença à pâlir, à se défaire. Enfin il disparut tout à fait. Et quand tous regardèrent à nouveau devant eux, ils ne virent plus que l'océan, calme et tranquille. *Vaillante* glissa encore quelques minutes dans le silence, puis un matelot pointa son doigt devant lui et dit d'une voix faible :

— Là-bas, terre !

L'île ne semblait pas hostile, bien au contraire. Elle était verdoyante, et en s'approchant, on distinguait même de jolies huttes qui ressemblaient à des cabanes d'enfants. *Vaillante* se dirigea tout seul vers un petit port où des voiliers étaient amarrés. Ils en étaient à quelques centaines de mètres, quand Bastibalagom saisit le bras de Tomek, le serra à l'écraser et se mit à bredouiller :

— Mon Dieu… ce n'est pas possible… je rêve…

Tomek se demanda un instant ce qui bouleversait ainsi le capitaine, mais il eut bientôt la réponse à ses questions : le premier bateau s'appelait *Espérance*, on pouvait lire le nom sur la coque, le deuxième s'appelait *Douce*. Ils étaient là, bien alignés, en parfait état semblait-il : *Vigilante*, qui avait recueilli jadis le petit Bastibal, *Perle*, jamais revenu de son premier voyage, *Étincelle*, *Frégate*, *Océane* et tant et tant d'autres qu'on avait crus perdus à jamais. Les matelots étaient si stupéfaits qu'ils ne savaient comment réagir. Ils regardaient de tous leurs yeux, se demandant ce qui allait arriver maintenant. À leur approche, une quinzaine de jeunes femmes détalèrent du quai et disparurent. Seule resta une fillette qui les observait. Tomek trouva qu'elle ressemblait beaucoup aux petites filles du village des Parfumeurs, sauf que sa peau était très foncée, presque noire…

Tandis que *Vaillante* prenait sagement sa place à la suite des autres voiliers, Bastibalagom appela l'enfant depuis le pont :

— Dis-moi, petite, où sommes-nous ici ?

Au lieu de répondre, elle fit demi-tour et s'en fut en courant. Bastibalagom se tourna vers ses hommes.

— Je pense qu'elle est allée prévenir les habitants. Nous allons rester à bord et attendre. Nous ignorons tout de cette île qui ne figure sur aucune carte, aussi vaut-il mieux se montrer prudent.

Ils n'eurent pas à patienter longtemps. Deux minutes ne s'étaient pas écoulées qu'une foule de gens dévala les pentes qui conduisaient vers le port. Ils étaient vêtus de pagnes ou de robes légères comme le sont les habitants des pays chauds. Tous trottinaient et agitaient les bras en signe de bienvenue. Lorsqu'ils furent sur le quai, Tomek eut la sensation étrange que ces gens-là lui étaient à la fois connus et inconnus. Beaucoup d'hommes ressemblaient à s'y méprendre à des petits Parfumeurs, mais les autres, ainsi que les femmes et les jeunes filles, étaient de bonne taille et avaient la peau beaucoup plus brune. Soudain, un des matelots poussa un cri :

— Bjorgom ! Mon frère !

Et il sauta à l'eau. On le vit nager jusqu'à la berge et tomber dans les bras d'un jeune homme qui semblait presque son jumeau. Un second cri éclata :

— Mon oncle ! Mon oncle ! Je suis là !

Et un second matelot plongea dans l'eau limpide du port. Alors Bastibalagom ordonna qu'on jette la passerelle et tous commencèrent à descendre. Tomek resta sur le pont et de là il put assister à des scènes bien émouvantes. En effet, les uns après les autres, tous les hommes d'équipage retrouvèrent un oncle, un ami, un grand frère, autant d'êtres aimés qu'ils avaient crus disparus pour toujours, qu'ils avaient pleurés longtemps, et qu'ils retrouvaient soudain sur cette île inconnue, qu'ils pouvaient serrer dans leurs bras… Et chaque fois c'étaient bien sûr des larmes et des étreintes sans fin. Les plus jolies retrouvailles furent peut-être celles de Bastibalagom et de Tolgom, le vieux capitaine du *Vigilante*. Ils s'embrassèrent longtemps.

Quand la première émotion fut passée, tous marchèrent ensemble jusqu'au village qui se trouvait de l'autre côté de la colline, et on offrit aux matelots un succulent repas servi à l'ombre d'un palmier. Après les longues semaines de traversée, ce fut un plaisir divin de manger des légumes frais, de planter ses dents dans des fruits juteux et de boire le délicieux vin de palme. Au dessert on se sépara et chacun se rendit dans sa famille d'accueil. Tomek, qui était le seul à ne connaître personne, suivit son capitaine chez Tolgom. Ils s'assirent sur une natte, à la manière du pays, et une jeune femme leur apporta du café.

— Mon cher Bastibal, commença Tolgom, je te dois des explications, ainsi qu'à notre jeune ami Tomek. Sachez d'abord tous les deux que vous êtes ici sur l'Île Inexistante.

— L'Île Inexistante ? Drôle de nom ! grommela Bastibalagom. Elle existe pourtant bel et bien, puisque nous y sommes !

— En effet, elle existe pour nous qui y sommes, mais elle est ignorée de tous les autres. Et je vais vous expliquer pourquoi, si vous le voulez bien.

Bastibalagom et Tomek ouvrirent grandes leurs oreilles.

— Cette île est peuplée depuis la nuit des temps, semble-t-il, car elle est particulièrement fertile et agréable, vous vous en rendrez compte. Mais il se trouve qu'elle est située au centre exact de l'océan. Il n'y a pas au monde une terre plus éloignée du reste des hommes. Si on la figurait sur une carte, ce serait comme une pointe d'aiguille dans l'infinité de la mer. Les vents et les courants sont tels que les rares bateaux qui croisent ici la contournent depuis toujours sans l'apercevoir. Il n'y a pas plus grand isolement que sur notre Île Inexistante.

— Et pourtant nous y sommes bien arrivés, nous… hasarda Tomek. Comment cela se fait-il ?

— Vous y êtes arrivés parce qu'on vous y a attirés.

— Ah bon… Et qui nous y a attirés ?

— Nos filles… se contenta de répondre Tolgom avec un sourire désolé.

— Vos filles ? firent ensemble Bastibalagom et Tomek qui n'y comprenaient plus rien.

— Oui, nos filles… reprit Tolgom. Figurez-vous qu'il y a cent ans de cela, un étrange phénomène s'est produit sur l'île : du jour au lendemain, tous les nouveau-nés étaient des filles. Plus un seul petit garçon ! Ne me demandez pas comment cela s'est fait, je l'ignore. C'était ainsi. Après tout, ont d'abord pensé les gens, les petites filles valent bien autant que les garçons et elles valent même souvent mieux, alors pourquoi se plaindre ? Mais au bout de quelque temps, on commença à s'inquiéter. En effet, comment la population pourrait-elle se renouveler sans hommes ? Avant chaque naissance on attendait fébrilement la bonne nouvelle, jusqu'à ce que la sage-femme passe la tête à la porte et prononce tristement la phrase fatale : « C'est une fille… » On scrutait bien l'horizon dans l'espoir qu'un bateau arriverait, mais en vain. Plus de vingt années s'écoulèrent.

« Un jour, une jeune fille nommée Alma a demandé à sa mère comment cela se passait autrefois, du temps de sa jeunesse, du temps où il y avait des garçons. Alors la mère a raconté… Elle a expliqué à sa fille comment on se séduisait, comment on se faisait la cour. "Tu sais, lui dit-elle, les garçons pensaient toujours qu'ils nous choisissaient. Mais en réalité, c'est nous qui choisissions celui qui allait nous choisir… Il en va ainsi depuis toujours." Et comme Alma voulait en savoir plus, sa mère lui expliqua qu'une fille peut ensorceler un garçon, simplement parce qu'elle le souhaite très fort. N'est-ce pas la vérité, mon cher Bastibal, vous l'avez sans doute expérimenté vous-même ?

— N… non, murmura Bastibalagom, je… je suis resté célibataire…

Et Tomek eut la surprise de le voir rosir.

— Bref, poursuivit Tolgom, à partir de ce jour, Alma n'eut plus qu'une seule idée en tête et elle parvint à convaincre quatorze de ses amies.

Un soir, elles se sont donc installées sur un rocher, en face de l'océan, elles ont regardé dans la même direction et elles se sont mises à espérer de toutes leurs forces qu'un bateau viendrait. Et que croyez-vous qu'il est arrivé ?

— Un bateau est venu, répondit Tomek.

— Exactement ! Un bateau est venu ! Ce qui n'était plus arrivé depuis des siècles ! Et il y avait une quinzaine de matelots à bord. Voyez comme le hasard fait bien les choses. Ils ont épousé les quinze jeunes femmes, ont eu des enfants, rien que des filles bien entendu. Et lorsque ces filles ont été à leur tour en âge de se marier, elles ont fait comme leurs mères. Et cela continue encore aujourd'hui. C'est tout simple, n'est-ce pas ?

— Mais alors, dit Tomek, stupéfait, notre bateau a été attiré de cette façon-là ?

Tolgom approuva de la tête.

— Absolument. Peut-être avez-vous vu les jeunes filles sur le port en arrivant ?

— Oui, en effet, répondit Tomek en se rappelant les silhouettes furtives entraperçues sur le quai. Mais elles se sont enfuies…

— Ça ne m'étonne pas ! dit Tolgom. Elles sont capables de vous aimanter à vingt-cinq kilomètres de distance et, une fois que vous êtes là, elles sont prises de timidité et elles décampent. C'est à chaque fois pareil !

— Si je vous comprends bien, intervint timidement Bastibalagom, ces jeunes filles ont attiré notre voilier de plusieurs tonnes, l'ont « aimanté », comme vous dites, par la seule force de leur pensée ? J'avoue que j'ai des difficultés à le croire !

— Mon cher Bastibal, soupira Tolgom, vous sous-estimez grandement les demoiselles de chez nous. Moi qui les connais bien, je ne m'étonne que d'une chose : c'est que les bateaux aimantés entrent aussi paisiblement dans le port et ne le percutent pas de plein fouet…

— Ah, se contenta de faire le capitaine, très impressionné.

— Dites-moi, monsieur Tolgom, interrogea ensuite Tomek, comment se fait-il que tous les matelots soient restés ici ? Est-ce qu'aucun d'entre eux n'a jamais eu l'idée de repartir ?

D'abord Tolgom baissa la tête et se tut. Puis il les regarda l'un après l'autre, longuement, et il leur dit enfin avec une infinie tristesse :

— Mes amis, bienvenue sur notre Île Inexistante. D'ici on ne repart jamais… Jamais.

CHAPITRE XIV

UNE DEVINETTE

— Diable ! fit Bastibalagom au bout d'un moment, je voudrais bien voir ça ! Qu'est-ce qui pourrait nous empêcher de partir si nous en avons envie ?

— Oui, l'appuya Tomek, nous sommes venus, nous arriverons bien à nous en aller…

Il s'efforçait de rester calme, mais une terrible inquiétude l'assaillit.

— Mes amis, reprit Tolgom, je comprends votre stupeur, et avant toute chose vous devez savoir que des centaines de matelots ont éprouvé le même désarroi en entendant cette phrase incroyable. Or, regardez-les après quelques années : ils sont les plus heureux des hommes, ils ont femmes et enfants et…

— Mais il ne s'agit pas de cela ! s'emporta Bastibalagom. Dites-nous enfin pourquoi il serait soi-disant impossible de quitter cette île ! A-t-on seulement essayé ?

— Ceux qui ont essayé ne sont, hélas, plus de ce monde, soupira Tolgom, mais laissez-moi plutôt vous expliquer… Vous avez bien sûr admiré l'arc-en-ciel qui salue les nouveaux arrivants sur notre Île Inexistante. C'est un des plus beaux spectacles que nos yeux humains puissent voir, n'est-ce pas ? Eh bien, le même arc-en-ciel se forme dès qu'un bateau, un voilier, une barque ou même un radeau s'éloigne de l'île et gagne le large. Seulement, lorsque l'embarcation s'approche de lui et va passer dessous, cet arc-en-ciel somptueux devient noir. On ne peut imaginer vision plus épouvantable qu'un arc-en-ciel noir, je vous assure. Puis, une brume épaisse se lève et il ne se passe plus rien. Du moins rien qu'on puisse voir depuis notre île. Une chose est sûre : l'embarcation, grosse ou petite, finit par sombrer et elle est engloutie dans les profondeurs de l'océan. C'est le plus grand des mystères. Croyez-moi, il vaut mieux se résigner et apprendre à vivre ici. Vous verrez, il n'y a pas climat plus doux que le nôtre, nous ne manquons de rien, nous élevons des troupeaux de moutons et de vaches, la terre est bonne et nous faisons pousser toutes les…

Tolgom parlait de son île, mais Tomek et Bastibalagom ne l'écoutaient plus depuis longtemps.

La fin de l'après-midi fut consacrée à une promenade. Tolgom entraîna ses deux invités jusqu'en haut de la colline d'où ils purent constater que l'Île Inexistante était décidément bien petite. Cela donnait le vertige de la voir si minuscule au milieu de l'immensité. Tomek luttait pour faire bonne figure, mais l'idée de devoir rester toujours sur ce petit bout de terre lui donnait presque la nausée. Et la beauté du paysage n'y changeait rien.

Ses pensées le ramenaient sans cesse à Hannah. Comment trouver goût à la vie désormais sans l'espoir de la revoir un jour ?

Et Icham, à qui il avait promis de revenir « bientôt » ? Et l'eau de la rivière Qjar qu'il devait lui rapporter ?

Le soir, il eut toutes les peines du monde à s'endormir. Il entendait Bastibalagom qui tournait et se retournait dans la chambre voisine. Lui non plus ne trouvait pas le sommeil, pas plus sans doute que les autres matelots. Ils avaient éprouvé en peu d'heures tellement d'émotions violentes ! La terreur d'abord à la vue de l'arc-en-ciel funeste, l'émerveillement ensuite devant tant de beauté, puis le bonheur d'être sauvés, et celui plus immense encore de retrouver vivantes des personnes aimées qu'ils avaient crues mortes depuis longtemps. Et enfin cette terrible et incroyable nouvelle : ils resteraient à jamais sur cette Île Inexistante, dont ils ne savaient plus si elle était merveilleuse, effroyable, ou les deux à la fois.

Au milieu de la nuit, Tomek se réveilla. Il venait de rêver, et Marie lui disait avec son bon sourire plein de confiance : « Tu veux tenter de quitter l'île, Tomek ? Je m'en doutais. Depuis que je t'ai vu prêt à traverser la forêt tout seul, je sais que tu es un garçon courageux et capable de tout. Je suis sûre que tu réussiras… »

Le jour se levait à peine. Tout le monde dormait encore sur l'île. Tomek se dit que le plus grand danger était certainement de laisser s'installer l'habitude. Quelques jours suffisaient peut-être pour qu'on supporte mieux l'idée de rester ici, et quelques semaines pour qu'on s'y résigne tout à fait. Surtout si l'île était aussi agréable que le prétendait Tolgom. Non, décidément, il ne fallait pas attendre. Ne pas réfléchir.

Tomek s'habilla sans bruit et quitta la maison sur la pointe des pieds. Sur la plage, il trouva une barque de pêcheur, sauta dedans et rama vers le large. Il n'avait laissé sur son lit qu'une simple lettre.

Cher monsieur Bastibalagom, je vais essayer de franchir l'arc-en-ciel noir. Si je ne reviens pas, gardez pour vous ce couteau à ours en souvenir de moi, et tâchez de vivre heureux sur l'Île Inexistante. Tomek.

Il avait seulement emporté la petite fiole de parfum que Pépigom lui avait offerte, ainsi bien sûr que la pochette autour de son cou avec le sou d'Hannah dedans. Il se dit que cette piécette était sans doute un porte-bonheur, car après tout il ne s'en était pas si mal tiré jusqu'à présent. L'île s'éloigna peu à peu dans la lumière rose du petit jour, et quand Tomek se retourna, il vit l'arc-en-ciel à l'horizon. Comme l'avait indiqué Tolgom, il n'était en rien différent de celui qu'ils avaient vu la veille. Aussi éclatant, aussi majestueux. Tomek rama encore une bonne vingtaine de minutes avant que les couleurs ne commencent à pâlir. Il était encore temps de faire demi-tour. Rien ne l'en empêchait. Rebrousse chemin, Tomek, se dit-il à lui-même, reviens au port, remets cette barque où tu l'as prise, rentre chez Tolgom, glisse-toi dans les draps tièdes et ne dis rien à personne de ta folie. Mais ses bras continuèrent à s'activer et il garda le cap. Mon Dieu, aidez-moi, gémit-il lorsque l'arc-en-ciel vira au gris sale puis au noir. C'était encore plus effrayant qu'il ne l'avait imaginé. Il cessa de ramer et laissa la barque dériver quelques instants. L'eau devint immobile et noire, comme celle d'un lac oublié. Il trempa ses doigts dedans. Elle était glacée. L'idée de s'y enfoncer était insupportable. Une brume grisâtre s'éleva. Il attendit dans le silence, et c'est au moment où il allait se remettre à ramer en direction de l'arc-en-ciel qu'il perçut pour la première fois le grincement régulier. Cela ressemblait au bruit que ferait une brouette mal graissée, ou plutôt à… Tomek connaissait ce bruit, mais il ne parvenait pas à le nommer. Il distingua soudain une forme mouvante au-dessus de lui et reconnut immédiatement ce que c'était : une balançoire…

Une gigantesque balançoire accrochée à l'arc-en-ciel et dont les crochets de fer grinçaient horriblement. C'était la seule chose qu'on entendait désormais : le grincement régulier de la balançoire dans la brume. Toute vie s'était arrêtée. Tomek se demanda si son propre sang coulait encore. Il frissonna car un froid humide s'était abattu sur l'eau. Il tenta de ramer pour se réchauffer un peu mais la barque ne bougea pas d'un seul centimètre. C'est juste après cela qu'il vit la créature assise sur la balançoire. Il n'avait jamais imaginé qu'un être aussi épouvantable puisse exister. Cette femme devait avoir plus de cent cinquante ans.

Elle était d'une maigreur extrême, ses membres n'étaient que des os d'où pendouillaient, flasques, des lambeaux de peau laiteuse.

— Bonjour, mon garçon, grinça-t-elle en fixant Tomek de ses yeux de folle. Tu es venu répondre à la question ?

Quelle question ? se demanda Tomek, mais il fut incapable de prononcer un mot. La vieille lança en avant ses jambes squelettiques pour accélérer le mouvement de la balançoire. Elle était entièrement nue sauf une paire de chaussettes blanches et des souliers de fillette qu'elle avait aux pieds. Ses longs doigts décharnés serraient les cordes depuis si longtemps sans doute que les ongles noirs avaient fini par entrer dans les poignets et qu'ils ressortaient de l'autre côté. Elle souriait en se balançant, mais son regard d'aigle ne lâchait jamais Tomek.

— Je vais te poser la question comme aux autres, reprit-elle. Et comme les autres tu ne répondras pas, Tomek, tu vois, je sais ton nom, et ainsi tu iras ajouter aux leurs ton gros ventre blanc de noyé, au fond du fond du fond du fond de l'océan. Songes-y bien, Tomek, l'eau est noire et glacée et tu y descendras lentement, lentement, lentement, lentement, Tomek, mon petit enfant, mon tout doux, mon lézard, mon…

— Tais-toi ! hurla Tomek. Tu n'as pas le droit de dire cela ! Tu dois te taire !

Comment cette sorcière pouvait-elle savoir que Tomek était appelé ainsi par sa mère lorsqu'il était petit enfant : mon lézard, mon tout doux… Il l'avait oublié lui-même, mais maintenant qu'elle le lui disait, il se le rappelait très bien. Et c'était insupportable.

— Maman ! cria-t-il. Au secours !

Et comme la vieille éclatait de rire devant son désespoir, il hurla encore et encore :

— Tais-toi ! Tais-toi ! Tais-toi !

Puis le calme et le silence revinrent. On n'entendait plus à nouveau que le grincement régulier de la balançoire. La vieille n'était pas pressée d'en finir, semblait-il.

— Et si je réponds ? demanda enfin Tomek.

La balançoire s'immobilisa d'un seul coup dans une impossible position oblique et la vieille chuchota :

— Si tu réponds, mon lézard, tu passeras sous l'arc-en-ciel noir. Tu seras le premier, et après toi tout le monde pourra le faire à sa guise. Et moi je disparaîtrai pour toujours… Voilà ce qui arriverait si tu répondais, mais tu ne répondras pas, mon tout doux…

— Je t'écoute, dit Tomek en grelottant de peur et de froid. Interroge-moi.

La vieille relança d'un coup de jarret le mouvement de la balançoire, fit une dizaine de va-et-vient, se figea de nouveau et énonça enfin d'une étrange voix métallique :

— *Nous sommes sœurs, aussi fragiles que les ailes du papillon, mais nous pouvons faire disparaître le monde. Qui sommes-nous ?*

Il y eut un long silence. La vieille restait suspendue dans les airs.

— Veux-tu que je répète la question, petit lézard ?

— Non, répliqua sèchement Tomek qui avait très bien entendu.

— Alors je vais me balancer cinquante fois, le temps pour toi de chercher la solution…

Puis elle lança ses jambes en avant et le grincement reprit.

— *Nous sommes sœurs… aussi fragiles…* murmurait Tomek, mais il ne parvenait pas à réfléchir.

Ses pensées allaient à la dérive, sans suite ni cohérence.

— Cela t'ennuie si je chante ? ricana la sorcière et, sans attendre la réponse, elle se mit à fredonner des chansons enfantines.

Elle semblait connaître en particulier chaque couplet qui avait effrayé Tomek, petit, ou l'avait fait rire. Elle savait tout de lui.

— *Nous sommes sœurs… nous pouvons faire disparaître…* répétait à l'infini Tomek.

Le désespoir l'envahissait peu à peu.

— Vingt-deux… vingt-trois… grinça la sorcière.

C'est alors que Tomek sentit la barque vaciller sous lui, ou plutôt s'enfoncer légèrement dans l'eau. La rage le prit et il voulut saisir les rames pour les jeter au visage de la vieille, mais elles étaient comme soudées à la barque et il ne put les soulever. Il s'acharna en vain.

— Eh bien, mon petit lézard, tu es fâché ? grimaça la sorcière.

Puis l'eau noire et glacée commença à entrer dans la barque et à l'alourdir. Tomek essaya bien d'écoper avec ses mains, mais c'était peine perdue.

— Quarante-huit, petit lézard, quarante-huit et demi…

Tomek sut alors que c'en était fini, qu'il allait être englouti comme les autres, qu'il fallait l'accepter. Il n'appellerait pas au secours. Il ne supplierait pas cette affreuse créature. Il fermerait juste les yeux pour ne plus la voir… pour la faire disparaître… *disparaître…* Il sursauta si violemment qu'il faillit tomber tout entier dans l'eau. Il sut aussitôt qu'il avait trouvé ! Que la réponse venait de lui être donnée. C'était cela, bien sûr ! Il

suffisait de fermer les paupières… les deux pau-
pières, les *sœurs* paupières ! *Aussi fragiles que les ailes du papillon*… et le monde entier disparaissait !

L'eau arrivait à sa poitrine quand il hurla de toute la force qui lui restait :

— LES PAUPIÈRES !!! LES PAUPIÈRES !!!

La sorcière se pétrifia aussitôt. Tomek s'at-
tendit à la voir vociférer, cracher. Mais non, elle s'apaisa au contraire. Son visage se calma et ses yeux se fermèrent lentement. Puis en quelques instants elle accomplit sa métamorphose et bientôt on ne vit plus sur la balançoire que le corps gracile d'une fillette en robe légère.

— Bonjour ma cousiiineu… bonjour mon cousin germain…, chantonnait la petite en lançant ses jambes vers l'avant.

L'eau redevenue bleue se mit à clapoter au-
tour de la barque. L'arc-en-ciel pâlit puis retrouva peu à peu ses couleurs irisées. Entre-temps, la petite avait pris un tel élan que ses pieds sem-
blaient toucher le ciel. Finalement, dans un éclat de rire, elle se détacha de la balançoire et s'envola avec la légèreté d'un oiseau.

Tomek saisit les rames et les plongea dans l'eau. Cette fois-ci la barque répondit parfaitement. Tomek rama avec une énergie folle.

— J'ai réussi ! J'ai réussi ! cria-t-il à pleine voix.

Au-dessus de sa tête, c'était une avalanche de couleurs. Mille harpes jouaient pour lui. Au loin, la petite Île Inexistante se réveillait à peine.

CHAPITRE XV

LA FALAISE

La stupeur puis l'effervescence provoquées par le succès de Tomek furent considérables. Aussi longtemps qu'ils avaient été privés de liberté, les habitants de l'île s'étaient montrés sages. Mais maintenant qu'ils l'avaient, cette liberté, maintenant qu'elle leur avait été miraculeusement rendue, chacun avouait qu'il y avait sans cesse pensé en secret, qu'il en rêvait la nuit, qu'il n'avait pas de vœu plus cher que celui de pouvoir quitter l'île un jour avant de mourir. Tomek fut plus embrassé en deux jours que pendant tout le reste de sa vie. La devinette de la sorcière fut sur toutes les lèvres. Facile ! disaient les enfants, moi aussi j'aurais trouvé ! Mais les adultes savaient bien que si personne n'avait réussi à résoudre l'énigme, c'était à cause de la terreur qui paralysait et empêchait de réfléchir. Il avait fallu le courage de Tomek pour la surmonter.

Vaillante quitta l'Île Inexistante cinq jours plus tard avec à son bord le capitaine Bastibalagom, ses quatorze matelots, Tomek et deux jeunes hommes qui n'avaient pas eu la patience d'attendre davantage. En effet, les autres trois-mâts alignés sur le port n'étaient pas encore en état de naviguer. Il fut donc décidé qu'à son retour *Vaillante* ferait escale à l'Île Inexistante et que tous les autres bateaux lui feraient alors cortège et l'accompagneraient jusqu'au pays des Parfumeurs. Les habitants de l'île devaient donc attendre encore deux bons mois avant de s'embarquer.

La traversée de *Vaillante* se passa sans encombre. Les vents furent favorables et la plus grande bonne humeur régna naturellement à bord. Il y eut bien une assez forte tempête au cours de la deuxième semaine, mais Bastibalagom, qui était un marin aguerri, l'essuya sans dommage. On aperçut même le pavillon noir d'un bateau pirate quelques jours plus tard, et le capitaine eut toutes les peines du monde à calmer les matelots qui voulaient en découdre et flanquer une bonne fois pour toutes une « raclée mémorable à cette bande de pitres ». Les épreuves supportées ensemble les avaient soudés à ce point qu'ils ne craignaient plus rien ni personne.

— Je vous en prie, messieurs, dut gronder Bastibalagom, nous ne sommes pas un navire de guerre ! Nous vendons des parfums !

Et il détourna *Vaillante*.

Au fur et à mesure qu'on se rapprochait du continent, Tomek ressentit une inquiétude oubliée depuis des mois : il allait bientôt devoir se séparer de ses amis Parfumeurs et reprendre seul le chemin. Chaque fois que cette idée l'oppressait, il respirait un peu le parfum offert par Pépigom, et Hannah était alors aussi présente que si elle avait été assise auprès de lui. Où est-elle maintenant ? se demandait-il. La reverrai-je jamais ? Et il avait hâte que la traversée s'achève.

« Terre ! » cria enfin la vigie un beau matin, et les matelots, qui avaient maintenant leur compte d'eau salée, lui répondirent par un joyeux « Hourra ! ». Tomek aida à décharger les caisses de parfum et les provisions. Trois matelots resteraient à bord du bateau pour veiller sur lui. Les autres et leur capitaine iraient vers l'est où vivaient les populations. Tomek, lui, partirait seul vers l'ouest, où il n'y avait plus âme qui vive d'après Bastibalagom, mais où se trouvait sans doute la rivière Qjar. À quelle distance était-elle ? À combien de jours de marche ? De semaines ? Nul ne pouvait le dire. Tomek espérait seulement qu'il aurait le temps de l'atteindre et d'en revenir avant que les petits Parfumeurs ne repartent.

— Un mois, avait dit Bastibalagom, nous reprendrons la mer dans un mois. Nous t'attendrons un jour de plus peut-être si tu n'es pas là, mais pas davantage.

— Bien sûr, avait répondu Tomek, je comprends…

Et maintenant il fallait se séparer pour de bon. On donna à Tomek un sac de provisions qui devait suffire pour quatre jours au moins. Puis chacun des matelots l'embrassa. Bastibalagom fut le dernier et le serra longtemps contre sa poitrine.

— Bonne chance, mon fils… lui dit-il enfin, et il le poussa lui-même doucement sur le chemin qui s'en allait vers l'ouest.

Tomek marcha le cœur triste pendant deux ou trois minutes, puis il se retourna. Aucun des matelots n'avait bougé. Ils le regardaient tous s'éloigner. Ils levèrent le bras pour le saluer une dernière fois et il leur répondit en agitant sa main.

— À bientôt ! cria-t-il aussi fort qu'il le put, mais le vent était contre lui et ils ne l'entendirent pas.

Le chemin monta peu à peu et finit par se perdre en haut d'une véritable falaise. De là, la vue était splendide : à droite, l'océan, plus vert que bleu, à gauche, une lande parsemée d'arbrisseaux et de rochers. Tomek chemina sans fatigue une bonne partie de la journée, ne s'arrêtant que pour manger et boire. Le soir venu, il se pelotonna dans sa couverture et s'endormit derrière un gros rocher, tandis que les vagues de l'océan rugissaient tout près de lui. La journée du lendemain ressembla à s'y tromper à la précédente. Et la suivante aux deux autres. Si bien que Tomek ne savait plus au juste s'il avait marché trois ou quatre jours. Il avait beau essayer de se souvenir, il n'y parvenait pas. Les rochers se ressemblaient tous, la lande était infinie, le vent soufflait sans trêve, et un matin il fut même si violent que Tomek dut rester plusieurs heures derrière son rocher sans pouvoir partir. Mais le plus inquiétant était son sac de provisions qui devenait de plus en plus léger… Un soir, il vit un troupeau de baleines qui jouaient tout près de la côte, elles plongeaient et replongeaient, frappant l'eau de leurs énormes queues. Tomek les regarda longtemps, assis dans l'herbe haute et grignotant le dernier gâteau sec des petits Parfumeurs. Il n'y avait plus beaucoup d'eau non plus dans sa gourde. Si demain je n'arrive pas quelque part, se dit-il, cela risque d'aller très mal pour moi…

Le lendemain, il dut se mettre en route sans avoir rien mangé du tout. Au milieu de la matinée il sentit ses jambes trembler sous lui et il lui fallut s'asseoir un moment. Que faire ? s'interrogea-t-il. Si je pénètre à l'intérieur des terres, je ne trouverai rien de plus qu'ici et je risque de me perdre.

Il tâcha de bien se reposer et reprit sa marche en avant. Peu après, il lui sembla que le vent se calmait un peu et que le ciel changeait d'apparence. Il eut à peine le temps d'y songer que l'espace s'ouvrit devant lui, révélant tout à coup un paysage entièrement nouveau.

La falaise s'arrêtait sur une plage de sable jaune pâle. Et derrière cette plage, à perte de vue, une forêt de grands arbres verts. Tomek y descendit en courant malgré ses jambes flageolantes. Une fois en bas, il se rendit compte que ces arbres étaient chargés de fruits qu'il ne connaissait pas. Il cueillit en premier une sorte d'abricot géant aussi lourd qu'un melon. Lorsqu'il l'ouvrit en deux, il s'en échappa en abondance un liquide qui ressemblait à du lait. Il but d'abord avec prudence, puis sans retenue. Cela rappelait un peu le sirop d'orgeat. Puis il arracha du bout de l'ongle un peu de la chair tendre du fruit. Elle était exquise. Ensuite, il se régala de petits haricots au goût de réglisse, et d'étranges galettes molles aussi goûteuses que du pain d'épice. Mais sa plus belle découverte, ce furent des boules noirâtres à la coquille très résistante, pleines d'une purée tiède et onctueuse au bon goût de pomme de terre bouillie. Tomek, assis sur une pierre, s'en remplit l'estomac, buvant parfois dans son abricot géant.

Il allait se relever pour reprendre sa route, lorsqu'une fourmi grimpa sur sa main. Au lieu de la chasser, Tomek l'observa de plus près. Elle ressemblait à toutes les fourmis du monde, avec une différence toutefois : elle allait à reculons… C'était peu de chose, bien sûr, mais Tomek en fut troublé et les paroles du vieil Icham lui revinrent : « Il y aurait là des variétés d'animaux tout à fait inconnues ailleurs », avait-il dit. Tomek souffla sur le petit insecte et se remit en route. Icham n'avait pas menti et ce que Tomek découvrit pendant les heures suivantes dépassait l'imagination.

Les animaux qu'il croisa étaient tellement étranges qu'on était incapable de seulement les nommer. La seule chose qu'on pouvait en dire, c'est qu'ils étaient comme… ou qu'ils ressemblaient à… Ainsi une bête presque plate, une sorte de casquette rampante, passa près de Tomek, le regarda tristement quelques secondes, puis agita avant de repartir un petit grelot qui lui servait de queue. Un peu plus tard, une dizaine d'immenses oiseaux projetèrent leurs ombres sur le sol. Ils n'avaient pas d'ailes mais une espèce de large queue palmée comme en ont les sirènes, avec laquelle ils brassaient l'air avec lenteur derrière eux. Ils nagent dans l'air ! se dit Tomek, et c'était exactement cela. Ils n'avaient pas de bec non plus mais des petits nez retroussés qui les faisaient ressembler à des lapins à moustache. Pourtant Tomek n'avait pas encore vu le plus curieux : c'était un petit rongeur qui se balançait paresseusement à l'extrémité d'une branche souple. Tomek crut d'abord qu'il s'agissait d'un écureuil bien ordinaire mais, en l'observant mieux, il se rendit compte de l'incroyable vérité : l'écureuil ne faisait qu'un avec la branche, il en était le prolongement, il avait poussé dessus comme un fruit vivant, comme un animal-fruit… Des dizaines d'écureuils semblables occupaient d'ailleurs cet arbre. Ils dormaient en boule et c'est pourquoi Tomek les avait d'abord pris pour des fruits inconnus, mais à présent ils étaient réveillés et se balançaient au bout de leurs branches en un gra- cieux ballet aérien. Comment peuvent-ils bien se nourrir ? se demanda Tomek, mais il n'eut pas le temps d'y réfléchir plus longtemps : une rumeur lointaine, à peine perceptible, attira son attention. C'était pareil à de l'eau qui coule. Il accéléra sa marche, le cœur battant. Était-il enfin arrivé ? Après tant et tant de peine, après tant et tant d'espoirs ? La forêt s'éclaircit, il courut à travers les quelques arbres qui restaient, grimpa sur une dernière hauteur et s'y immobilisa, stupéfait.

Une rivière coulait, paisible, sous ses yeux. Au loin, sur la droite, on apercevait l'océan d'où elle venait, et sur la gauche, à l'horizon, les premières collines vers lesquelles elle se dirigeait en silence.

— La rivière Qjar… murmura Tomek, bouleversé. La rivière Qjar… Je l'ai trouvée…

CHAPITRE XVI

LA RIVIÈRE

Tomek consacra les dernières heures du jour à la fabrication d'un radeau. Tout ce dont il avait besoin pour cela se trouvait à portée de main : des troncs d'arbres en abondance, des lianes pour les nouer ensemble, des pierres tranchantes pour couper les lianes. Si bien qu'il prit grand plaisir à son travail et que tout fut accompli en quelques heures et sans trop de fatigue. Il y eut un seul moment de frayeur lorsqu'il commença à scier une longue branche pour s'en faire une perche : un écureuil-fruit se trouvait au bout. Tandis que Tomek s'excusait, le petit animal secoua seulement sa tête de droite à gauche comme pour dire : ça ne va pas, non ? et c'était tellement drôle à voir que Tomek éclata de rire. Parfois, il prenait un peu de repos et alors il ne pouvait s'empêcher d'aller tremper ses mains dans l'eau de la rivière et de la faire couler entre ses doigts. Il voulut en boire, mais elle était encore salée. Sans doute le serait-elle moins un peu plus haut, se dit-il. La nuit tombait déjà, aussi il décida de ne pas partir dès ce soir-là et il s'allongea pour dormir sous un grand arbre, bien enroulé dans sa couverture. C'était bon de ne pas entendre l'océan gronder comme sur la falaise. Une grande douceur l'enveloppait désormais. Il allait s'endormir lorsqu'un profond soupir se fit entendre. Il ouvrit les yeux et vit que les branches des arbres environnants s'abaissaient lentement, presque jusqu'à toucher le sol. Les arbres qui soupirent… se rappela-t-il en souriant. Icham l'avait bien dit. L'arbre sous lequel il se trouvait ne soupira pas, mais juste au-dessus de la tête de Tomek deux écureuils-fruits s'étaient rejoints, et maintenant, agrippés l'un à l'autre, ils s'endormaient lentement. On voyait leurs paupières tomber, se soulever, tomber encore.

— Bonne nuit ! leur murmura Tomek, et lui aussi se laissa glisser dans le sommeil.

Ce fut le soleil qui le réveilla. Les arbres des alentours avaient redressé leurs branches et s'étiraient à qui mieux mieux. Cela faisait plaisir à voir et c'était même contagieux. Au-dessus de Tomek les deux petits écureuils-fruits s'étirèrent aussi, et Tomek les imita. Après avoir déjeuné de fruits divers et d'un peu de lait d'abricot, il entreprit de charger son radeau. Il y transporta une dizaine de ces grosses noix pleines de bonne purée. Cela lui ferait un véritable repas le moment venu. Il emporta aussi, bien sûr, quelques abricots géants pour la soif. Pour finir, il confectionna une assez jolie pagaie dans un bout d'écorce, puis il sauta sur le radeau et, à l'aide de sa perche, le repoussa loin de la rive. La petite embarcation fit deux tours sur elle-même avant de se stabiliser au milieu de la rivière, puis elle s'en alla au fil de l'eau.

On ne pouvait imaginer plus grande quiétude. Si le paradis existe, se dit Tomek, alors il ressemble sans doute à cela… Des petits perroquets aux couleurs éclatantes se posaient sans crainte sur le radeau pour y picorer les fruits. Tomek avait beau les chasser, ils revenaient toujours, si bien qu'il finit par renoncer et les laissa faire. Il fut escorté tout l'après-midi par des lamantins aux yeux si pleins d'intelligence qu'on avait envie de leur parler. La journée se passa ainsi, sans que rien ne vienne troubler ce grand calme. Le soir, Tomek bivouaqua au bord de la rivière, et dès l'aube il reprit son paisible voyage.

C'est vers la fin de la matinée qu'il vit loin devant lui un mur étincelant qui barrait la rivière.

Une chute d'eau… reconnut-il lorsqu'il fut plus près. Seulement cette eau ne « chutait » pas. Bien au contraire, elle s'élevait, calme et sereine, sans écume, à la parfaite verticale. Quel prodige ! se dit Tomek en se rappelant la cascade de chez lui, si bruyante et si bouillonnante, si pleine de fureur. Celle-ci au contraire faisait penser à un animal souple et silencieux, à une panthère noire… Il saisit sa pagaie et s'efforça de rejoindre la rive, mais il n'y parvint pas assez tôt et il vint buter contre l'eau de la chute. L'avant du radeau se dressa à la verticale. Tomek eut pendant une seconde la sensation délicieuse qu'il allait échapper à la pesanteur et que le courant l'emporterait dans les airs, tout en haut peut-être ; mais non, il eut à peine le temps de saisir sa couverture et quelques noix que tout basculait à la renverse. Il nagea sans peine jusqu'à un rocher plat de la rive. Là, il se déshabilla entièrement et mit ses vêtements à sécher sur la pierre tiède. Comme il n'avait plus rien à faire qu'à attendre, il plongea dans l'eau claire et nagea jusqu'à la cascade inversée. C'était un jeu fascinant. Il se laissait soulever de plusieurs mètres par le courant, puis il retombait en chute libre, riant, hurlant, comme ivre, et son corps nu faisait dans le grand silence de la rivière un plouf étourdissant au milieu des poissons étonnés. Sans doute que cet endroit-là était le même il y a des millions d'années, se dit-il. Combien d'êtres humains s'étaient baignés dans cette eau avant lui ? Il y avait ici quelque chose d'éternel. Épuisé de fatigue et de bonheur, il s'allongea enfin sur la pierre et s'abandonna à la douce caresse du soleil.

Dès le milieu de l'après-midi, tous ses habits furent secs et il envisageait de continuer le voyage lorsqu'il lui sembla que très loin là-bas, tout au bout, là où la rivière disparaissait dans les arbres, une tache plus sombre dansait sur l'eau. Il attendit un peu et bientôt il fut certain qu'une embarcation se rapprochait. Un radeau comme le sien, peut-être. Et des gens étaient assis dessus. Les dernières personnes vivantes que Tomek avait vues étaient les petits Parfumeurs ; et cela remontait à plus de cinq jours. Son cœur s'accéléra. Qui étaient ceux-ci ? Des amis ? Des ennemis ? Il tira son couteau à ours de sa poche et l'ouvrit.

Mais plus le radeau se précisait, plus le cœur de Tomek s'emballait. Et ce n'était pas à cause de la peur. Car sans la voir, sans la reconnaître vraiment, il sut que c'était elle : Hannah. Cette silhouette gracile, c'était elle, il en eut la certitude. Mais alors, qui était la deuxième personne, à demi cachée derrière elle ? À qui appartenait ce corps massif ? Jamais Tomek n'avait imaginé revoir

Hannah autrement que seule. Et voilà qu'à présent, en cette heure tant espérée, elle était avec un autre… Quand ils furent plus près, Hannah se dressa sur le radeau et se figea. Sans doute avait-elle reconnu Tomek, mais elle n'en était pas encore assez sûre. Lorsqu'elle le fut tout à fait, elle se lança dans une sorte de danse joyeuse, agita ses bras au-dessus de sa tête et se mit à crier :

— Monsieur l'épicier ! Je suis là ! Je suis là !

— Hannah ! Je suis là ! lui répondit Tomek.

Puis il ajouta aussitôt :

— Attention ! Tu as une pagaie ? Rame par ici !

Il ne voulait pas qu'Hannah fasse comme lui et tombe à l'eau avec son compagnon. Mais elle ne semblait pas se soucier le moins du monde du danger, au contraire, elle prit son élan et se jeta dans le courant avant que le radeau n'atteigne la cascade inversée. Elle nageait comme un poisson et dès qu'elle fut sortie de l'eau, elle se jeta au cou de Tomek et l'embrassa.

— Comment t'appelles-tu ?

— Tomek, répondit Tomek, sidéré par tant de naturel.

— Tomek ? Alors tant mieux parce que c'est très joli, dit la jeune fille. Mieux que Podcol en tout cas ! ajouta-t-elle en éclatant de rire.

Puis elle se tourna vers l'autre qui se tenait accroupi au bord du radeau et n'osait pas sauter.

— Podcol ! Tu n'as rien à craindre ! Plonge et nage par ici ! lui cria-t-elle, puis plus bas pour Tomek : Il est un peu froussard et il déteste mouiller sa fourrure…

Tomek comprit à cet instant seulement que Podcol n'était pas un être humain mais un animal. De quelle espèce ? C'était difficile à dire.

— C'est… un ours ? hasarda-t-il, à demi rassuré.

— Non, pas vraiment, répondit Hannah. Plutôt une sorte de panda, je crois. Il n'a ni griffes ni crocs et il ne mange que des feuilles.

Entre-temps, Podcol avait basculé dans l'eau, puis il avait laborieusement barboté jusqu'aux rochers. Quand il émergea, il semblait avoir perdu la moitié de son volume, et Hannah s'en amusa beaucoup.

— Podcol, va te secouer plus loin, s'il te plaît ! le gronda-t-elle.

Mais le gros animal s'ébrouait déjà, et Tomek fut aussitôt trempé comme une soupe.

— Quel mal élevé ! pesta Hannah. Il sait qu'on lui pardonne tout à cause de sa bonne tête, alors il n'en fait qu'à sa guise. Dis bonjour, Podcol !

Podcol, qui se tenait maintenant debout comme une personne, considéra alors Tomek d'un œil triste et… il lui tendit la main. C'est vrai qu'il avait une bonne tête. Les yeux de Tomek allèrent du panda à Hannah, puis de Hannah au panda. Il avait imaginé toutes les sortes de retrouvailles possibles avec la jeune fille au sucre d'orge, mais il n'avait jamais songé qu'elles se feraient sous l'œil désolé d'un panda géant qui lui tendrait la main. La vie a plus de fantaisie que moi, se dit-il. Et il serra la patte de Podcol.

Tomek et Hannah avaient tant de choses à se dire qu'ils ne savaient par où commencer. Mille questions se pressaient sur leurs lèvres et il était impossible de répondre à toutes à la fois.

— Quand tu étais dans la Forêt de l'Oubli… commençait Tomek.

— La forêt de quoi ? disait Hannah.

Tomek dut lui expliquer. Elle l'avait traversée sans savoir ! En revanche, le cri suraigu qui avait glacé Tomek et Marie était bien d'elle.

— J'étais perchée sur une branche, terrorisée, et cet idiot d'ours juste en dessous de moi attendait que je fasse le moindre bruit pour me dévorer. Au bout d'une heure de silence, j'en ai eu assez. Je me suis dit : Tu veux entendre quelque chose ? Eh bien, tu vas entendre quelque chose !

Et j'ai sauté dans son oreille. J'y tenais tout entière, figure-toi ! Tout entière dans l'oreille d'un ours ! Et j'ai hurlé aussi fort que j'ai pu. À pleins poumons ! Je peux crier très fort, tu sais… Veux-tu que je te montre ?

— Non, ce n'est pas la peine, je te crois… dit Tomek.

— Alors l'ours est devenu comme fou. Je lui ai crevé le tympan, je pense. Ensuite je suis tombée de son oreille et j'ai couru droit devant moi. J'ai eu la chance de choisir la bonne direction… Tu connais Pépigom ?

— Euh, oui… fit Tomek. Elle est gentille. Tu la connais bien aussi ?

Ils parlèrent en mélangeant tout, tant ils avaient hâte de se confier leurs aventures. Ils parlèrent des petits Parfumeurs, de la prairie, des grandes fleurs bleues qu'on appelle Voiles, de la forêt aux écureuils-fruits…

— C'est là que j'ai rencontré Podcol, raconta Hannah. Je dormais sous un arbre et au petit matin, à l'heure où d'habitude on ressent la fraî-cheur, je me suis étonnée d'avoir si chaud, d'être si bien. J'ai une couverture en laine, mais tout de même… Puis j'ai entendu ronfler à quelques centimètres de mon visage. J'ai ouvert les yeux. C'était Podcol. Tu comprendras vite pourquoi je l'ai nommé ainsi ! En tout cas je te le recommande pour la nuit. Il n'y a pas plus confortable. Il sert à la fois d'oreiller, d'édredon, de chauffage, et en plus il est tellement calme qu'auprès de lui on s'endort en quelques secondes.

Hannah ne connaissait ni la falaise, car elle était venue par un tout autre chemin, beaucoup plus long d'ailleurs, ni bien sûr l'Île Inexistante, car elle avait traversé l'océan sur un autre bateau et en un autre endroit. Tomek lui raconta son voyage, il lui posa aussi la devinette de la sorcière. Hannah y répondit sans hésiter et elle s'en excusa aussitôt, sentant bien qu'elle l'avait un peu vexé… Quand ils furent fatigués d'avoir tant parlé, leurs affaires étaient sèches et l'après-midi tirait à sa fin. Podcol se réveilla de sa sieste et vint se coller à Hannah dans l'espoir d'une caresse.

— Tu vois ! Il n'y a pas plus câlin que lui !

Tomek se demanda si on pouvait être jaloux d'un panda nommé Podcol.

Escalader les rochers le long de la cascade fut un jeu d'enfant. Là-haut, une surprise les attendait : la végétation se faisait plus rare et la rivière ressemblait davantage à un gros ruisseau. À quelques centaines de mètres de là, elle formait un coude. Ils marchèrent jusqu'à cet endroit et découvrirent alors d'un seul coup ce que Tomek attendait depuis bien longtemps : une montagne escarpée se dressait devant eux. Les derniers rayons du soleil éclairaient encore son sommet. La montagne semblait toucher le ciel.

— Comme elle est belle ! murmura Hannah. On dirait une cathédrale !

— Oui, dit Tomek, c'est la Montagne Sacrée. La rivière s'arrête là-haut.

— On y va ? demanda joyeusement Hannah.

— On y va… répondit Tomek.

Seul Podcol sembla renâcler un peu. La marche à pied n'était pas son fort. Tous les trois progressèrent aussi longtemps qu'ils le purent le long de la rivière. Le sentier était de plus en plus pentu. Avant qu'il fît trop noir, ils installèrent leur campement derrière un gros rocher. Hannah avait un briquet et ils firent du feu. Ils mangèrent chacun une des grosses noix que Tomek avait récupérées, et se couchèrent, serrés les uns contre les autres. Avant de s'endormir, Tomek repensa aux paroles du vieil Icham : « Personne n'en est revenu. C'est aussi impossible que de faire pousser du blé sur le dos de la main… » Il regarda la Montagne Sacrée qui n'était plus maintenant qu'une énorme masse sombre et menaçante au-dessus d'eux et il frissonna. Désormais il n'était plus seul et, curieusement, cela ne le rassurait pas du tout, bien au contraire. Je suis le plus grand, pensa-t-il, je dois les protéger… Et il se pelotonna dans sa couverture, puis contre la fourrure tiède de Podcol.

— Dis-moi, Tomek, murmura Hannah d'une voix endormie, qu'as-tu dans ce petit sac autour de ton cou ?

Sans répondre, il ouvrit la pochette, en tira le sou et le glissa dans la main de la jeune fille.

— Tiens, c'est la pièce que tu m'as donnée quand tu es venue dans mon épicerie. Je te la rends.

— Oh, merci, tu es gentil… bredouilla-t-elle seulement.

— Bonne nuit, Hannah, lui dit-il encore.

Et comme elle ne répondait déjà plus, il ajouta :

— Bonne nuit à toi aussi, Podcol…

Et le gros animal poussa un gentil grognement qui signifiait sans doute « bonne nuit » dans le langage des pandas.

CHAPITRE XVII

LA MONTAGNE SACRÉE

Au petit matin, la montagne ne parut pas à Tomek aussi inquiétante que la veille. Au contraire, elle semblait inviter à l'escalade. Les trois voyageurs avalèrent ce qui leur restait de provisions, puis ils se mirent en route, le cœur léger. Nul doute que le soir même ils seraient de retour, avec leurs deux gourdes pleines de l'eau de la rivière Qjar. Ils le pensaient, en tout cas. Elle n'était plus salée du tout, cette eau, mais au contraire merveilleusement limpide et claire. C'était un étonnement sans cesse renouvelé que de la voir courir à l'envers, bondir à l'assaut des rochers, les éclabousser de son écume. Tomek et Hannah avaient beau s'être habitués à ce prodige depuis l'océan, ils ne pouvaient s'empêcher de s'arrêter parfois, et de la contempler, les mains sur les hanches.

— C'est incroyable, tu ne trouves pas ? disait l'un.

Et l'autre répondait :

— Oui, vraiment, c'est incroyable…

Puis ils reprenaient leur marche. Podcol peinait de plus en plus pour hisser son corps grassouillet vers le sommet de la montagne. Il soufflait comme une locomotive et, vers midi, il s'assit même sur un rocher avec l'air buté de celui qui ne fera pas un mètre de plus. Hannah dut le prendre par la main et l'exhorter :

— Allez, Podcol ! Courage ! L'exercice te fera du bien. Et on ne peut tout de même pas t'abandonner ici !

Les deux enfants commençaient à se demander s'ils avaient bien fait de l'emmener avec eux pour l'ascension, mais ils allaient bientôt changer d'opinion, car voici comment le panda géant Podcol les tira d'un grand embarras.

Au beau milieu de l'après-midi, Hannah, qui marchait la première, poussa soudain un petit cri.

— Oh ! Tomek, regarde ! Le ruisseau disparaît sous la terre !

En effet, le cours d'eau, qui à cet endroit-là n'avait pas plus d'un demi-mètre de large, entrait tout droit dans la montagne. Les trois voyageurs s'immobilisèrent.

— Ce n'est pas grave, dit enfin Tomek, un peu décontenancé, nous allons continuer à monter, et c'est bien le diable si nous ne le retrouvons pas un peu plus haut.

Hélas, après plus de deux heures de recherches, d'allées et venues, de montées et de descentes, ils durent s'avouer qu'ils avaient bel et bien perdu la rivière Qjar. Ils eurent même les pires difficultés à revenir à l'endroit où elle entrait dans la montagne. Ils finirent cependant par la retrouver et s'assirent, désemparés, se demandant ce qui allait advenir d'eux. C'est alors que Podcol vint fouiller de son museau le côté de la robe d'Hannah.

— Je sais bien ce que tu veux, gourmand ! lui dit-elle avec affection. Tiens ! Mais tu vois, c'est le dernier…

Et elle tira de sa poche un de ces haricots à goût de réglisse qu'il adorait sucer. Elle allait le lui donner, lorsque Tomek l'arrêta :

— Attends, Hannah ! J'ai une idée. Elle est sans doute folle mais au point où nous en sommes… Dis-moi, est-ce que les pandas ont un bon odorat ?

— Je n'en sais rien du tout… répondit la jeune fille qui ne comprenait pas. Peut-être que oui.

Tomek saisit alors le haricot et le fit renifler au panda.

— Tu as entendu, Podcol : c'est le dernier. Hannah n'en a plus. Tu as compris ? Eh bien, regarde ce que j'en fais, du dernier haricot...

Et il le jeta dans l'eau du ruisseau. Le petit fruit disparut aussitôt, emporté par le courant. Podcol ignorait la colère, il n'était pas capable de cela, mais en voyant s'en aller sa gourmandise, il se mit à geindre et à pleurnicher comme un enfant malheureux. Tomek passa alors son bras autour de son cou.

— Écoute-moi, Podcol... ton haricot n'est pas perdu... il va suivre le ruisseau sous la terre et ressortir là-haut... est-ce que tu comprends ? Podcol... je t'en supplie... haricot... là-bas...

Et il pointa son doigt vers le haut de la montagne. Podcol le regarda d'abord avec des yeux pleins de larmes, puis il comprit d'un seul coup et alors il fallut faire très vite pour parvenir à le suivre. Il se mit à trotter, le museau au ras du sol, flairant, reniflant, grognant. Tomek et Hannah eurent à peine le temps de rassembler leurs affaires, déjà ils couraient à toutes jambes derrière Podcol qui ne les regardait même plus. Ce fut une course folle à travers les rochers.

— Fatigué, mon œil ! cria Tomek. Il nous a bien eus tout à l'heure !

— Podcol, attends-nous ! appelait Hannah en riant. Pas si vite !

Malgré tous leurs efforts, les deux enfants furent bientôt distancés et ils se retrouvèrent seuls dans le grand silence de la montagne. Ils se demandaient déjà s'ils n'avaient pas maintenant perdu à la fois la rivière et le panda, lorsqu'ils virent resurgir Podcol au loin, sautillant de joie et leur faisant signe. Dès qu'ils furent plus près, ils distinguèrent le haricot qu'il tenait dans sa gueule comme une cigarette. Entre ses pattes coulait à l'envers la rivière Qjar qui n'était plus désormais qu'un maigre ruisselet de la taille d'un poignet d'enfant.

— Bravo, Podcol ! Bravo ! lança Hannah, et elle se jeta à son cou avec tant d'ardeur qu'il culbuta en arrière.

Tous les deux jouèrent à lutter, se roulant sur le sol, se renversant à tour de rôle, riant, criant.

— Et bravo aussi à toi, Tomek, dit enfin Hannah, hors d'haleine, et elle l'embrassa sur la joue.

Ils restèrent un moment assis là, tout à leur bonheur d'avoir retrouvé leur chemin. Ils burent abondamment aussi et trouvèrent que l'eau était de plus en plus légère, de plus en plus transparente.

Ils marchèrent encore une bonne heure en priant pour que le filet d'eau ne disparaisse pas à nouveau sous la terre, mais rien de tel n'arriva et ce fut la nuit qui, une fois de plus, les obligea à s'arrêter.

— As-tu faim ? demanda Hannah, tandis que les derniers rayons de soleil jouaient sur les cimes.

— Non, c'est étrange, mais je n'ai pas faim, répondit Tomek. On dirait que l'eau m'a rassasié. Et je ne suis pas fatigué non plus. Et toi, as-tu faim ?

Hannah était comme lui. Elle se sentait bien et n'avait pas envie de manger. Quand la fraîcheur du soir arriva, ils se serrèrent tous les deux contre Podcol et se tinrent par la main. Avant de s'endormir tout à fait, Tomek regarda les ombres immenses des nuages qui voyageaient sur les flancs de la montagne et il se sentit oppressé par la même inquiétude que la veille : Où est donc le danger ? se demandait-il. Pourquoi n'a-t-on jamais pu rapporter un peu de cette eau ?

Tout près de son oreille, le ruisselet murmura :

— Tu le sauras bientôt, Tomek, tu le sauras bientôt…

Le lendemain, ils parlèrent peu. Ils se contentèrent de marcher en silence. Tomek allait le plus souvent en tête. Hannah le suivait, tenant parfois

173

Podcol par la main. Le gros panda ne se plaignait plus. Lui aussi semblait avoir trouvé dans cette eau des forces nouvelles. Peu à peu, la végétation se raréfia. Pas un souffle de vent non plus. Comme si le temps s'était arrêté. Le seul signe de vie était le murmure joyeux du ruisselet. En fin d'après-midi, la pente se fit soudain plus forte, et il leur fallut utiliser leurs bras et leurs mains pour progresser.

— Je crois bien, dit Tomek en se retournant, que nous arrivons en haut…

Ils escaladèrent les derniers mètres sans perdre de vue le filet d'eau qui n'était maintenant pas plus gros que le pouce. Tomek ne s'était pas trompé. Ils parvinrent bientôt à un endroit plat d'une dizaine de mètres et ils comprirent qu'ils étaient au sommet de la montagne. Ce qu'ils virent alors les laissa sans voix. D'ici, on embrassait du regard un paysage féerique. Des centaines et des centaines d'autres montagnes dressaient autour d'eux leurs cimes enneigées. Mais celle où ils se trouvaient était la plus haute. On avait l'impression d'être sur le toit du monde. Tomek voulut dire quelque chose à Hannah, mais en se retournant, il vit qu'elle était à genoux. Il s'approcha d'elle. À ses pieds, le mince filet d'eau de la rivière Qjar s'achevait dans le creux d'une pierre. Il s'agenouilla à son tour.

— C'est vide… il n'y a rien… murmura Hannah, et elle n'était pas loin de pleurer.

En effet, il n'y avait rien dans le creux de la pierre. Tomek en fut si stupéfait qu'il n'éprouva d'abord rien du tout, et c'est la détresse d'Hannah qui lui fit le plus mal.

— Tout ça pour rien, disait-elle d'une voix brisée. Cet interminable voyage, ces souffrances… On s'est donné tant de mal, Tomek…

Ne sachant comment la consoler de cette si grande peine, il prit un petit caillou et le jeta machinalement dans le creux. Ils entendirent alors un léger « ploc » et ils virent l'eau frissonner et dessiner quelques cercles fragiles. Le réceptacle de pierre n'était pas vide, bien au contraire. L'eau le remplissait tout entier, mais elle était si incroyablement immobile, si merveilleusement limpide et légère qu'on ne pouvait pas la voir. Elle était comme immatérielle. Les deux enfants plongèrent leurs mains tremblantes dedans.

— L'eau qui empêche de mourir… dit doucement Hannah, et cette fois elle pleura tout à fait.

Cela dura longtemps. Tomek savait qu'elle pensait à son père en cet instant « Quel oiseau veux-tu, Hannah ? Lequel te ferait plaisir ? », mais il n'en dit rien. Il pensa lui-même à ses parents et

n'en dit rien non plus. De grosses larmes coulè-
rent sur ses joues. Ils restèrent longtemps silencieux, en pressant leurs mains dans l'eau.

— Tu as soif, Tomek ? demanda enfin Hannah, souriante, et elle leva sur lui ses grands yeux
noirs.

— Oui, répondit Tomek. Et toi ?

— Moi aussi…

Mais ils ne burent pas. Ils se sentaient si fragiles soudain face à quelque chose d'immense et
qui les dépassait. Et les mêmes questions graves
traversaient leurs têtes d'enfants :

Est-ce qu'on peut vraiment souhaiter ne
jamais mourir ?…

N'est-ce pas justement parce que la vie
s'achève un jour qu'elle nous est si précieuse ?…

Est-ce que l'idée de vivre éternellement n'est
pas plus effrayante encore que celle de mourir ?…

Et si l'on ne meurt jamais, alors quand
reverra-t-on ceux que l'on aime et qui sont déjà
morts ?…

Tomek sut très vite qu'il ne boirait pas. Il prit
tout de même un peu d'eau dans le creux de ses
mains, pour le plaisir de la tenir. Mais l'eau n'y
resta pas, elle s'échappa de tous côtés, grimpa le
long de ses doigts et retomba sur la pierre. Il
essaya une seconde fois, mais il n'y parvint pas
davantage. L'eau fuyait de toutes parts, escaladait

les remparts de ses doigts, impossible à capturer. Aussi impossible que de faire pousser du blé sur le dos de la main... C'était donc cela ! Seulement cela. Cette eau existait bien, mais on ne pouvait pas la prendre...

Hannah avait regardé sans rien dire.

— Laisse-moi essayer, s'il te plaît...

Elle fit avec ses mains fines un petit bol tout rond et y captura un peu d'eau, puis, avec d'infinies précautions, elle les souleva. Mais cela se passa exactement comme pour Tomek : l'eau déborda et s'en fut.

— Tu vois... C'est impossible, soupira Tomek.

— Attends, souffla soudain Hannah, regarde !

Au creux de sa paume, une unique goutte était restée. Ronde et délicate comme une perle.

— Regarde... j'ai le droit de prendre une goutte... pas plus. C'est pour ma petite passerine, sans doute...

Son visage s'illumina de bonheur. Elle fit et refit l'expérience, et à chaque fois une seule goutte lui restait. Tomek, lui, ne put jamais rien garder de cette eau, mais la joie d'Hannah le comblait.

— Comment allons-nous emporter cette goutte ? demanda-t-il au bout d'un moment. On ne va tout de même pas la mettre dans une gourde ?

— J'ai mieux, répondit Hannah, malicieuse.

Elle avait au doigt une bague que l'on pouvait ouvrir grâce à un minuscule couvercle. Elle réussit à y faire glisser la goutte qui s'y logeait tout juste. Puis elle rabattit le couvercle.

— Voilà… Si elle y est encore demain matin, il n'y a pas de raison pour qu'elle n'y reste pas.

À cet instant, les premières étoiles montèrent dans le ciel, puis des centaines d'autres. Tomek n'avait jamais vu un ciel aussi lumineux… Ils s'allongèrent pour admirer la Voie lactée. Ils n'étaient plus sur la terre, à contempler les étoiles. Ils étaient parmi les étoiles, au milieu d'elles. Ils étaient les infimes parties de l'infini cosmos.

La fraîcheur de la nuit les fit frissonner, alors Podcol, qui pour une fois s'était tenu à l'écart, rejoignit les deux enfants et leur donna sa chaleur.

CHAPITRE XVIII

LE RETOUR

Tomek et Hannah mirent beaucoup de temps pour revenir de la Montagne Sacrée jusqu'à l'océan, car ils ne pouvaient descendre la rivière sur un radeau comme à l'aller.

Ils se séparèrent de leur gentil camarade Podcol, un matin, sous un arbre à écureuils où ils avaient passé la nuit. Tandis que le gros panda dormait, ils rassemblèrent silencieusement leurs affaires et partirent sans lui. Ce fut un crève-cœur pour Hannah, on s'en doute, mais c'était mieux pour tout le monde. Podcol aurait été trop malheureux loin de ses arbres et de ses haricots au goût de réglisse.

Ils marchèrent ensuite aussi vite qu'ils le purent sur la falaise, se demandant sans cesse s'ils n'arriveraient pas trop tard et si *Vaillante* n'aurait pas déjà repris la mer. Aussi ce fut une joie immense quand, un beau matin, ils virent arriver en face d'eux une charrette tirée par un cheval que guidait Bastibalagom lui-même. Le brave capitaine avait non seulement attendu un jour de plus ainsi qu'il l'avait promis, mais voilà qu'il venait à leur rencontre pour les aider. Il serra contre lui les deux enfants comme s'ils avaient été les siens. De plus, il ne s'attendait pas du tout à retrouver Hannah et il en eut les larmes aux yeux.

Vaillante navigua sans encombre jusqu'à l'Île Existante, puisque tel était désormais son nom, leur expliqua Bastibalagom. Sur l'Île Existante donc, Tomek et Hannah purent se reposer de leurs épreuves pendant quelques jours, puis ils s'embarquèrent de nouveau. Mais cette fois *Vaillante* prit la tête de la plus incroyable flotte qu'on eût jamais vue sur cet océan. En effet, les seize voiliers, toutes voiles blanches dehors, le suivirent en un éblouissant cortège. La population tout entière de l'Île Existante avait pris place à bord.

Lorsqu'ils arrivèrent en vue du pays des Parfumeurs, ils attendirent au large et laissèrent *Vaillante* entrer seul dans le port. En effet, une arrivée collective aurait provoqué une émotion bien trop violente pour les petits Parfumeurs qu'on n'avait pas eu le temps de prévenir. Il fallut leur expliquer, les préparer à l'incroyable événement qu'ils allaient vivre. Et c'est le lendemain seulement que les seize voiliers s'avancèrent vers la côte et qu'on vit débarquer tous les habitants de l'Île Existante. Ce furent alors, vous l'imaginez, des scènes déchirantes. Car si les courageux petits Parfumeurs restent gais et souriants dans le malheur et la peine, eh bien, ils pleurent au contraire toutes les larmes de leur corps quand leur bonheur est trop grand.

Pépigom ne se sentit pas triste du tout en voyant Tomek au bras d'Hannah, car elle-même avait maintenant un fiancé, aussi rond, aussi jovial et aussi gentil qu'elle. Pendant les jours qui suivirent, la plus grande liesse régna. On mangea beaucoup de crêpes au lard, on but beaucoup de cidre, on dansa, on chanta. Un soir cependant, Tomek confia à Hannah qu'il aimerait bien s'en aller, car il craignait en attendant davantage de ne pas trouver Marie à la lisière de la Forêt de l'Oubli. Et il tenait beaucoup à la revoir. Ils partirent donc dès le lendemain, en promettant de revenir bientôt. Eztergom leur répéta qu'ils étaient désormais tous les deux comme leurs enfants et qu'ils resteraient à jamais dans leurs cœurs. Il leur donna pour se mettre dans les narines les boules spéciales des petits Parfumeurs. Avec cela ils n'auraient rien à craindre des fleurs de la prairie.

La traversée fut une fois de plus un enchantement, et tous les deux marchèrent d'un bon pas pendant toute la matinée. Vers midi, cependant, Tomek s'arrêta net et s'exclama :

— Hannah ! Nous avons failli oublier quelque chose de très important !

Là-dessus il tira de sa poche l'un de ses deux mouchoirs brodés du T de Tomek et y fit un nœud.

— Que veux-tu te rappeler ? demanda Hannah.

— Eh bien, répondit Tomek, je veux me rappeler qu'il y a quelque chose dont je ne me souviendrai pas et qu'il ne faut pas que j'oublie…

Hannah le regarda en fronçant les sourcils.

— Tomek, es-tu sûr que tes boules de tissu sont bien en place ? Tu n'aurais pas respiré…

— Pas du tout, répliqua Tomek en riant. C'est tout simple. Imagine que Marie entre maintenant dans la Forêt de l'Oubli, elle sortirait aussitôt de notre mémoire et nous n'aurions donc pas l'idée de l'attendre là-bas… Ce nœud signifiera : quelqu'un va venir, il faut l'attendre ! Tu comprends ?

Hannah dut admettre que c'était très malin. Un peu plus loin, tandis qu'ils marchaient au milieu des immenses fleurs qu'on nomme Voiles, Tomek connut une grande peur. En effet, Hannah, qui allait quelques mètres devant lui, se mit soudain à tanguer, à vaciller.

— Tes narines ! lui cria Tomek. Pince tes narines avec tes doigts !

Mais ses jambes ne la portaient déjà plus. Elle tomba de tout son long sur la prairie et ferma les yeux. Tomek accourut et prit son visage dans ses mains.

— Hannah ! Je t'en supplie, réveille-toi !

Mais elle était maintenant plongée dans un profond sommeil. Tomek avait en réserve quelques boules de tissu et il en mit aussitôt une dans la narine vide de la jeune fille. Puis il tâcha de se concentrer. Quels étaient les Mots qui Réveillent pour Hannah ? Eztergom les lui avait bien dits pourtant, il en était sûr. Le vieil homme avait même ajouté qu'ils avaient été très faciles à trouver. Cela lui revint d'un coup. Alors il se pencha à l'oreille d'Hannah et lui murmura très tendrement :

— *Il était une fois...*

La petite ouvrit les yeux, bâilla, s'étira puis dit en souriant :

— Tomek... Tu aurais dû me laisser dormir, je faisais un rêve très agréable, tu étais dedans...

Quelques heures plus tard, ils virent loin devant eux un immense ruban noir qui barrait l'horizon. C'était la Forêt de l'Oubli.

— Regarde, dit Hannah quand ils eurent atteint les premiers arbres. On dirait une tombe…

— C'est la tombe de Pitt, répondit Tomek. Pitt était le…

Il voulut en dire davantage, mais il n'y parvint pas. Quelque chose lui échappait. Il demanda à Hannah s'il ne lui aurait pas parlé de ce Pitt, par hasard. Elle dit que oui, qu'il lui en avait bien parlé, mais qu'elle non plus ne pouvait pas en dire plus. C'était comme un grand vide dans sa tête.

Ils firent du feu et mangèrent les provisions offertes par les petits Parfumeurs. À la fin du repas, et comme il s'essuyait les mains à son mouchoir, Tomek arrêta net son geste.

— Regarde, Hannah… Ce nœud…

— Oui, se souvint-elle, il signifie que quelqu'un va venir. Quelqu'un qui est dans la forêt et qu'il faut attendre…

Mais personne n'arriva de toute la nuit, pas plus que la journée qui suivit, et ils étaient en train de prendre leur deuxième repas du soir dans cet endroit lorsqu'ils entendirent du bruit venant de la forêt. C'était comme une carriole qui aurait roulé sur un chemin. Puis ils perçurent une voix joyeuse qui chantait :

Mon âââne, mon âââne
A bien mal à sa patte !

La poitrine de Tomek se remplit alors d'un bonheur si grand qu'il s'écria : « Marie ! » bien avant qu'elle ne sorte de la Forêt de l'Oubli.

Les trois amis bavardèrent tard dans la nuit autour du feu. Cadichon, à qui il manquait une oreille cette fois, dormait debout un peu plus loin. Ils passèrent encore la matinée du lendemain auprès de Pitt, puis tous les quatre se mirent en route pour traverser dans l'autre sens la Forêt de l'Oubli. Les ours se montrèrent à peine, cette fois, et les trois voyageurs parvinrent sans dommage de l'autre côté. Marie accompagna Tomek et Hannah pendant quelques kilomètres encore, puis leurs chemins se séparèrent et ils se dirent adieu. En les voyant s'éloigner main dans la main, Marie leur lança seulement :

— Profitez-en bien, les enfants !

Ils marchèrent à bonne allure, mais ils ne parvinrent pas à atteindre le village de Tomek avant le soir. Il leur fallut coucher une fois de plus à la belle étoile, et ils n'arrivèrent que le lendemain matin. Ils se rendirent en premier à la boutique du vieil Icham, car c'est lui qui avait la clef de l'épicerie, et surtout parce que Tomek avait hâte de le revoir. Le vieil homme était assis en tailleur derrière son pupitre, comme à son habitude.

— Bonjour, grand-père ! appela Tomek de loin.

Hannah était restée en arrière. Elle ne voulait pas gêner les retrouvailles.

Icham regarda Tomek s'avancer, n'en croyant pas ses yeux, puis, quand il fut tout à fait sûr qu'il ne rêvait pas, il joignit ses mains devant son visage et dit d'une voix faible :

— Mon fils, mon fils… Comme tu es fort ! Tu étais un enfant quand tu es parti et tu es un homme maintenant… Laisse-moi te serrer dans mes bras…

Tomek le rejoignit, s'agenouilla en face de lui et l'étreignit longuement. Puis, en se dégageant, il essuya ses larmes et dit avec tristesse :

— Pardonne-moi, grand-père, mais je n'ai pas pu te rapporter de l'eau de la rivière Qjar… Je…

Icham lui sourit :

— Console-toi, mon fils, car je n'en aurais pas bu, tu sais. Alors n'aie pas de regrets. Entre un gobelet de cette eau et un morceau de nougat, je prends le nougat. Je ne tiens pas à vivre éternellement, tu comprends. Je crois même que je ne vivrai plus très longtemps. Je tenais à te revoir. Maintenant tu es là, et cela me suffit. Je n'attends désormais plus rien d'autre de la vie…

— Mais, grand-père, j'ai besoin de toi. Je veux te garder, moi !

— Tu veux me garder ? Alors je vais faire encore un petit effort pour toi. Mais vois-tu, Tomek, je ne sers plus à rien. Les os me font mal. Je me sentirai mieux dans ton souvenir qu'assis aux courants d'air dans cette échoppe. Et puisque nous parlons de cela, je vais te dire quelque chose. Écoute bien parce que je ne le dirai pas une seconde fois.

« Quand je mourrai, Tomek, pleure un peu si tu ne peux pas faire autrement, mais pas trop longtemps, s'il te plaît. Tu viendras peut-être de temps en temps sur ma tombe, alors dis-toi bien que je ne serai plus là. Si tu veux me voir, il faudra te retourner. Tu regarderas les rangées d'arbres dans le vent, la flaque d'eau où le petit oiseau boit, le jeune chien qui joue, c'est là que je serai, Tomek. Voilà, ne l'oublie jamais. Et maintenant dis-moi un peu qui est cette jolie demoiselle qui se tient cachée là… Tu ne m'as pas présenté.

En poussant la porte de son épicerie, une heure plus tard, Tomek fut stupéfait :

— Mon Dieu, comme elle est petite… répéta-t-il plus de dix fois. Comme elle est petite…

Hannah, elle, se rappelait chaque tiroir ouvert par Tomek un an plus tôt.

— Dans celui-ci, il y a des cartes à jouer, ici une image de kangourou, et là le sable du désert dans sa petite fiole…

Elle resta quelques jours encore, puis un matin elle annonça à Tomek qu'elle allait repartir. Elle souhaitait revoir ses parents adoptifs et surtout sa petite sœur.

— Tu reviendras bientôt ? lui demanda Tomek.

Voyant son grand chagrin, elle fit glisser de son doigt la bague dans laquelle se trouvait la goutte d'eau, et la lui donna.

— Tiens, je te la laisse. Comme ça tu seras sûr que je reviendrai. Je vais seulement chercher ma petite passerine. Je serai bientôt de retour. Je te le promets.

Et elle s'en alla.

ÉPILOGUE

Hannah revint moins de trois semaines plus tard. C'était le matin et Tomek avait juste ouvert sa boutique. Elle poussa la porte, faisant entrer derrière elle toute la lumière de la rue. Sur son épaule était perchée la petite passerine.

— Hannah ! s'écria le garçon, et son cœur chavira de bonheur en la revoyant.

Ils bavardèrent un peu, puis Tomek alla chercher la bague. Hannah ouvrit elle-même le couvercle et fit rouler la goutte d'eau dans la paume de sa main. Ensuite elle prit la passerine dans son autre main et la plaça tout à côté.

— Bois, s'il te plaît, mon oiseau, bois… lui dit-elle doucement.

La perruche hésita un instant, puis tout alla très vite : elle se pencha sur la goutte qui étincelait comme une perle, la fit glisser dans son bec, enfin, d'un vif coup de tête, elle la bascula dans son gosier.

— Voilà… Elle ne mourra jamais… murmura Hannah.

— Non, elle ne mourra jamais, reprit Tomek en écho.

Ils la placèrent ensuite sur un perchoir de bois que Tomek avait construit au-dessus du comptoir. Hannah observa longtemps sa passerine en silence, puis elle dit à voix basse :

— Tu sais, Tomek, il m'est venu une drôle d'idée…

— Laquelle ? demanda le garçon.

— Eh bien, au moment où cette goutte d'eau est descendue le long de son gosier, j'ai eu la certitude que la rivière Qjar s'était remise à couler à l'endroit… Qu'elle n'avait coulé à l'envers que pour cette unique goutte d'eau-là. Pour qu'elle parvienne un jour dans le bec de cette petite passerine-là… Et que tout est fini maintenant…

Tomek l'écoutait, fasciné.

— Tu veux dire que ce que nous avons vu là-bas n'existerait plus ?

— Je ne sais pas… Peut-être… Tout était si étrange…

Tomek repensa alors à ces choses incroyables qu'ils avaient connues : la Forêt de l'Oubli et ses ours, les immenses fleurs bleues qu'on appelle

Voiles, l'Île Inexistante, puis Existante, la sorcière sur sa balançoire, les arbres aux écureuils-fruits…

— C'est comme si nous avions rêvé… continua Hannah. Après tout, nous n'avons rien rapporté de là-bas. Nous sommes partis les mains vides et nous revenons de même…

Alors un sourire radieux éclaira le visage de Tomek et il courut dans l'arrière-boutique :

— Si, Hannah, j'ai rapporté quelque chose, moi. Je n'avais jamais osé te le montrer, mais le moment est venu, je crois.

Et il lui tendit le petit flacon de parfum qu'avait préparé Pépigom.

Hannah ôta le bouchon et respira profondément. Elle vit alors la colline, les danseurs et les musiciens, elle vit le banc où ils étaient assis tous les deux, Tomek et elle, au milieu de leurs amis et sous une pluie de pétales de fleurs…

— Oh, Tomek… murmura-t-elle.

— Tu vas rester un peu cette fois ? demanda Tomek, la gorge serrée.

— Je resterai toujours… répondit Hannah.

À cet instant précis, depuis son perchoir, la petite passerine siffla son premier chant d'éternité.

TABLE DES MATIÈRES

Composition : Francisco Compo - 61290 Longny-au-Perche
Impression réalisée par CPI
en octobre 2016
N° d'impression : 3019730
Date initiale de dépôt légal : octobre 2000
Dépôt légal de la nouvelle édition : octobre 2009
Suite du premier tirage : octobre 2016
Imprimé en France

www.pocketjeunesse.fr
PKJ • POCKET JEUNESSE

12, avenue d'Italie – 75627 PARIS Cedex 13